検事はひまわりに嘘をつく

みとう鈴梨

幻冬舎ルチル文庫

CONTENTS ✦目次✦

検事はひまわりに嘘をつく

✦カバーデザイン＝久保宏夏(omochi design)
✦ブックデザイン＝まるか工房

イラスト・陵クミコ✦

検事はひまわりに嘘をつく

「異議あり」

傍聴人もまばらな狭い法廷に、その声はよく響く。

今日、その言葉を聞くのは何度目だろうかと、藤野辺《ふじのべ》はたまらず鋭い眼光で声の主を睨《にら》みつけた。

色気のない壁に囲まれた、地方裁判所の小法廷の一室に、かれこれ三十分近い時間、藤野辺と異議を唱えた男は睨みあっている。

異議を唱えたのは、弁護人席に座る男だ。

やや長めの黒髪は柔らかく毛先が跳ね、男らしい目鼻立ちの輪郭に甘い彩りを加えている。自信に満ちた表情、整形だと言われれば納得しそうな形のよい鼻、それにどこか余裕を感じさせる口元。なにもかもが、異議を唱えた男になんともいえない男の色香を醸し出させていた。

軟派といっていいだろうその雰囲気を包む細身のスーツの胸元に咲くのは、ひまわりを模したバッジ。

弁護士を表す徽章《きしょう》だ。

今この法廷では、ある刑事事件の裁判が行われており、証言台には、このまま地面にのめり込んで埋まってしまいたいとでも言いたげに暗くうつむく被告人、正木義晴《まさきよしはる》が立ちすくんでいる。

この男の無罪を勝ち取るべく、ひまわりのバッジを胸に輝かせる弓瀬《ゆみせ》という名の弁護士は、何度も検察側である藤野辺の尋問に異議を唱えているのだ。

弓瀬優道《ゆうどう》は、堅苦しい質素な法廷の中にあっても、徽章にあるひまわりのような明るさと華やかさを持つ男だった。彼がこうして、検察側の話の内容に異議を唱えれば、事実、今までの話は間違っていたかのような錯覚に陥るし、彼が正木被告に優しく語りかければ、正木被告が根っからの善人に見えることとさえある。

罪を犯し、こうして法廷でその罪を裁かれようとしている被告人にとって、これほど心強い味方はいないだろう。

その、被告人側の弁護人として恥じない堂々たる態度で、弓瀬は異議を唱え続けた。

「裁判長、先ほどの検察側の主張は、本件には関係ありません」

「いいえ、あります」

弓瀬の異議に、裁判長が何か答えるよりも早く、藤野辺は即答する。

とたんに、どこかだれた空気の漂っていた法廷にわずかな緊張が走り、そして証言台に立つ正木被告が、びくりと肩を震わせた。

弁護士である弓瀬が、正木被告の無罪を主張する立場だとすれば、それに向かいあう藤野辺は、正木被告の有罪を主張する立場だ。

だから、藤野辺の反駁《はんばく》に弓瀬弁護士が眉間《みけん》の皺《しわ》を深めたのも当然のことだろう。

しかし、二人のそんなささやかな火花に法廷の空気が変わったわけではない。

裁判、といっても、今回の事件はごく地味なものだ。検察側と弁護側のやりとりも、事実確認の積み重ねといった、地味な作業が延々と続くばかり。だが地方紙の記者や、裁判の傍聴が趣味という傍聴マニア、そんな傍聴席の人々から見れば退屈極まりないはずのこの裁判にも、密《ひそ》かな名物があるのだ。

弓瀬弁護士が、藤野辺に怒りを抑えるような声音で言った。

「関係ないでしょう、藤野辺検事？」

「関係あるから言うてるんです」

「関係ない」

「ある」

「ない」

「ある！」

不穏な空気を滲《にじ》ませはじめた二人に挟まれ、証言台に立つ正木被告の顔色がだんだん青ざめていく。裁判官の表情も、心なしか疲労の色が濃くなったようだ。

しかし、それに反して傍聴席の人々の瞳《ひとみ》は好奇心に輝きだす。

そして、ついに二人の名物……いや、戦いの火ぶたが切って落とされた。

「ならお聞きしますけれど、藤野辺検事。被告人がどのくらい臆病者《おくびょうもの》で小心者で怖がりな

のか、いくつも昔の話を並べ立てる必要があるんですか？」

「被告人が、事件現場から『怖いから』逃げ出したと証言するから、こっちもどのくらい小心者なのか確認させてもろてるだけです」

「だからって、よりにもよって、十年も昔の初デートでホラー映画に怯《おび》えて、彼女置いて逃げて帰った話なんかしなくてもいいでしょう！」

「客観的に、どのくらい正木被告がビビりか証明するのに最適な証言やないですか！」

「それを言うならせめて、夜中にたまたま自宅前に立ってた人を幽霊だと思って悲鳴を上げて逃げて、側溝にはまって骨折した話のほうがマシでしょう！　正木被告ほどの小心者、確認したけりゃ前例なんて星の数ほどあるんですから、暴露するなら少しでもマシな内容のものにしてやろうという配慮はないんですか！」

「配慮しとるやないですか！　買い物中、レジで財布忘れたことに気づいて、動転してそのまま商品持って逃げた挙げくに、万引き扱いになりかけた話はしてないんですから！」

口角泡を飛ばす二人のあいだで、証言台の正木被告が穴があったら入りたいとばかりにうなだれてしまっている。これだけ、衆人環視の中で自分の恥ずかしい過去を暴露されれば二度と顔をあげる気にはなれないだろう。

裁判では、事件関係者の当時の状況や行動、判断、心理状態といったものを一つ一つ丁寧にひもといていく一面があるが、臆病ゆえに事件現場から逃げ出した過去を持つ正木被告は、今日一日ただひたすらその臆病さの確認がてら、恥ずかしい過去を羅列されてばかりだ。

「藤野辺検事、あなたは尋問をしているんですか、それとも被告人をいたぶってるんですか？」

弓瀬弁護士の鋭い糾弾は、しかし盛り上がりすぎて、一緒になって被告人の恥ずかしい話をたっぷり暴露していたせいか、正木被告をかばってやるには手遅れにも見える。

しかし「いたぶっているのか」などと問われた藤野辺としては、反発心に火がつく一方だ。

被告人をいたぶる趣味など藤野辺にはない。弓瀬の愚問など百倍にして跳ね返してやろうと、また藤野辺が口を開いたところへ、溜息《ためいき》混じりの裁判長の声が二人の口論に待ったをかけた。

「弁護人、落ちついてください。異議は却下します。それから……検事、弁護人ともに、ここが法廷であることを忘れない範囲での発言を心がけてください」

心の底から訴えかけてくる裁判長は、この裁判が始まってから、風も吹かない法廷に残り少ない髪をはらはらと舞い散らせている気がしないでもない。

こうして、激しい火花を散らしては、法廷にふさわしくないやり取りをヒートアップさせていく藤野辺と弓瀬の激戦こそが、ごくわずかなマニアや記者の注目を浴びているのである。

裁判長の言葉に不承不承といった風情で「はい」と答えると、藤野辺はメガネのブリッジを神経質そうな仕草で押し上げ、正木への尋問を再開した。

藤野辺のスーツの襟《えり》には、秋霜烈日《しゅうそうれつじつ》を模した検察官の徽章が輝いている。

秋の冷たい霜、夏の激しい日差しのように、刑罰も厳しくおごそかであれという、実体化にずいぶん困りそうな四字熟語は、今では検事の象徴でもあるが、弓瀬に対峙《たいじ》する藤野辺はまさに、その四字熟語をそのまま人の形に模したような検事だった。

オールバックに銀縁メガネ。

秀でた白い額はいかにも理知的で、メガネの奥で光る鋭い眼光は峻厳《しゅんげん》な色を纏《まと》っている。

弓瀬とはまた違った意味で整った顔立ちをしているが、すっと通った鼻筋もきゅっと引き結ばれた口元も、いかにも神経質そうで人間味に欠けて見えた。

良く言えばガラス細工のような美形だが、多くの人間にとって、藤野辺の第一印象は「インテリ臭さが鼻につく、検事にありがちな選民意識を呼吸とともにあたりに振りまいているような容貌《ようぼう》」だそうだ。

だから、誰もが最初は油断している。

冷たい声で、理路整然と話を詰めていくタイプだ。そういう奴は突発的な出来事に弱いんだよ。などと言いだす輩《やから》に限って、藤野辺が口を開いたとたん絶句するのだ。

「ええですか正木被告、それやと、さっき証言されたことと、今言うてはることの辻褄《つじつま》があわんのですわ。どういうつもりです？」

他愛ない質問。しかし、チンピラ映画でも見ているような気分にさせる畳み掛け……。

藤野辺は、臭気漂うほどのインテリぶりは容姿に使い果たしたのか、中身のほうは闘鶏の魂でもつっこんだかのように好戦的だ。おかげで気の弱い正木被告は、関西弁で遠慮の欠片《かけら》もなく貶《けな》しているのか質問しているのかわからない言葉の羅列に、萎縮《いしゅく》しきってしまっている。

藤野辺砦《とりで》。今年こちらの地方に着任して、僅《わず》か一カ月で「三悪」と呼ばれた異端児である。口が悪い。態度が悪い。そして、藤野辺が担当になった被告人の「運」が悪い。

弓瀬弁護士が躍起になって異議を挟み、藤野辺と激論を交わしているのも、そんな闘鶏の激しいクチバシから正木被告を守るため、仕方のないことなのだ。

もし、弓瀬弁護士が上品に口を閉ざし、異議を挟まないでいたら、今頃正木被告は藤野辺の圧力に押されて、裁判官の心証を害するようなことを述べていたかもしれない。

藤野辺がどれほど理路整然と、正木被告を有罪にするための事実関係を暴いても、そして弓瀬弁護士がどれほど熱く情に訴え、正木被告を無罪にするための証言を集めても、結局正木被告の罪をいかに裁くか最終的な決断をするのは裁判官だ。

その裁判官を前にして、今戦わねばいつ戦うのだ、とばかりに闘志を燃やす藤野辺に、同じ闘志を燃やしているのだろう弓瀬弁護士の声がまた法廷に響き渡った。

「異議っ」

弓瀬の声に、藤野辺の唇が笑みに歪《ゆが》む。

くるならこい。弓瀬弁護士が、どれほど一途《いちず》に正木被告を守ろうとしても、そんな情は理屈で跳ねのけてやる。と、身構えていたところへ、裁判官が重々しく弓瀬に告げた。

「異議は認めません」

何ラウンド目になるかわからない戦いを楽しみにしていたらしい傍聴席から、落胆の溜息が聞こえてきた。

だが、同時に安堵《あんど》の溜息も聞こえ、藤野辺はその溜息の主を見やった。

「……正木被告、あんたをちょっとでも助けてやろうと弁護士さんは異議挟んでくれてはるんですよ。それが却下されたのに、ほっとしてどないするんですか」

「いや、もう……異議が入るたびに、俺の寿命が縮むんで……」

覇気のない若い男の情けない言葉に、思わず藤野辺と弓瀬、今は敵同士であるはずの二人の溜息が重なるのだった。


「俺、藤野辺検事の公判見るの初めてですけど、噂《うわさ》通りの三悪っすねえ。藤野辺検事が担当になった裁判官の運も悪い。も一つ追加して、四悪にしちゃったらどうですか」

公判を終え、人より遅く法廷をあとにしようとしたところ、扉を挟んだ廊下側からそんな会話が聞こえてきた。

記者か傍聴マニア、そのどちらにせよ、この地方裁判所に足繁く通う人間には「三悪の藤野辺」はお馴染《なじ》みのネタになっているらしい。

気にせず、藤野辺は扉を開けると廊下に足を踏み出した。

ぎょっとしたようにこちらを見た二人連れに目もくれず、藤野辺はそのままエレベーターへ向かう。

その背を、性懲りもなく男たちの「まずい、聞かれたよな」「海に沈められちまう……」というひそひそ話が追ってきた。

あんまりな言いように、思わず足をとめると藤野辺は振り返る。

「ちょっと、あんたら」

「へ、いっ？」

まさか声をかけられると思っていなかったのだろう、記者章をつけた男がひきつった声を上げた。

「三悪か四悪か知らんけど、被害者の運は別に悪くならんのか？」

唐突な質問に、二人は顔を見合わせてから、再び藤野辺に顔を向けるとぎこちなくうなずいた。

「そ、そりゃまあ……。あれだけ被告を言葉でボコボコにしてたら、すっきりする被害者もいるんじゃないですか……」

「そうか。ほなら三悪でも四悪でもなんの問題もあらへんな！」

満足げに言い放つと、藤野辺は再びエレベーターへと足を向けた。

検察官には多様な任務があるが、中でも有名なのは刑事事件の裁判に携わる姿だろう。弁護士に守られる犯罪者に向きあい戦うのだから、口が悪いと言われようと態度が悪いと言われようと藤野辺は痛くも痒《かゆ》くもない。

そんな過激なポリシーを持つ藤野辺に「三悪」の異名がついたのは、こちらの地方に赴任してわずか一カ月足らずのことだった。

去年まで赴任していた地方では、地方記者らに「法廷のごろつき」などと噂されていたのだから、それから思えば「三悪」なんてまだ可愛げがある気がする。

そもそも、藤野辺にとって荒っぽいように見える攻め方も、言葉遣いも、裁判の空気を自分の思い通りに動かすための武器の一つに過ぎないのだ。

自分の戦い方で、少しでも犯罪被害者の胸がすくなら申し分ない。

そんな呑気《のんき》なことを考えながら、藤野辺は一度検察庁に戻ろうと、一階に降りるためエレベーターへと足を向けた。

小法廷のある階の廊下は、ほかの部屋でも公判が終わったばかりなのか、ちらほらと立ち話をしている人がいる。その隙間《すきま》から見覚えのある人影を認めて藤野辺は思わず立ち止まった。

藤野辺の目的はエレベーターそのものではない。その、さらに奥にある階段だ。

いつものように、エレベーターの周りにたむろする人々を尻目に階段室へと曲がるところを、思いがけない人影を見つけて藤野辺は思わずエレベーター待ちの人の群れの中に立ち止まってしまった。

エレベーター前に、弓瀬と正木がいる。

人影の中に不自然な格好で身を潜ませると、二人の会話がクリアに聞こえてくる。これでは立ち聞きだ、ということに気づく暇もなく集中する藤野辺の耳に入ってくるのは、朗らかに笑う弓瀬が正木を励ます言葉の数々だった。

「まあまあ正木さん、そんなに落ち込まないで。ほら、藤野辺検事のことなんて気にしなくていいんですよ。判決を出すのは裁判官なんですから。あれだけ口が悪かったら、正木さんの判決がでるより先に藤野辺検事のほうが有罪になっちゃうかもしれませんよ！」

まさか本人が聞き耳をたてているとも知らず言いたい放題の弓瀬に、エレベーター待ちの人々が数人青い顔をして藤野辺と弓瀬を交互に見つめている。

しかし、人々の不安に反して藤野辺の心は浮き立っていた。

まさか、公判を終えてからも弓瀬を見ることができるなんて……。

弓瀬とは、最初の裁判では、公判前の打ちあわせの折に裁判官を交えて挨拶《あいさつ》をした程度。

正木の保釈の相談には、弓瀬の法律相談事務所から別の弁護士が代理で来たせいで、結局弓瀬本人には会えずじまい。

公判が始まってしまえば、うっとりと弓瀬を眺めてばかりもいられないので、こうして間近で彼を見つめていられるのは初めての機会かもしれない。

藤野辺の悪口で、正木の緊張をほぐそうと言葉を連ねる弓瀬の横顔を藤野辺がじっと眺めている姿は、他人からいわせれば「目で殺そうとしている」かのようだが、そんな周囲の不安げな眼差《まなざ》しに気づかないままの藤野辺の胸には、懐かしい思い出がよみがえっていた。

今でこそ関西弁が身に染み着いた藤野辺だが、出身はこの地方だ。

小学校の卒業を待たずに転校していった藤野辺に、当時のクラスの担任がわざわざ郵送してくれた卒業アルバムには、自分と同じクラスのページにしっかりと「弓瀬優道」の写真が並んでいる。

同じ町内会、同じ集団登校班、そして同じクラスの弓瀬君。

それが、今も根強く藤野辺の中にある弓瀬のイメージだ。

しかし生憎《あいにく》、こうして裁判で向きあうことになっても、弓瀬のほうは藤野辺がかつての同級生と気づく様子は欠片もない。

無理もないだろう。

もはや十七年も昔となってしまったあのころと今では、藤野辺の姿は変わりすぎている。

今でこそ藤野辺につけられるあだ名は「三悪」だのなんだの物騒なものばかりだが、小学生時代のあだ名は「でぶ」「太ったカビ」、果ては運動音痴をもじった、小学生男子がいかにも好きそうな下ネタまじりのものまで。あだ名だけでどんな小学校生活だったか容易に想像がつくようなものばかりだ。

事実、藤野辺は太っていた。

太っていて、根暗で、給食を運べば週に一度はトレイを落とし、寒中マラソンでは必ず周回遅れ。女子生徒からは気持ち悪いとささやかれ、男子生徒からはからかわれるばかりの、勉強以外なんの取り柄もない子供だったのだ。

かたや弓瀬は今も昔も変わらない。

唯一変わったことといえば、小学生時代女子生徒が総出でバレンタインチョコレートを渡したイケメンぶりに、大人っぽさと色気が増したということくらいで、優しいことも正義感が強いことも輝いていることも、あのころのままだ。

藤野辺は、被告人を励ます現在の弓瀬が眩《まぶ》しくて、つい目を細めてしまった。

「おい、藤野辺検事、すげえあの弁護士のこと睨んでるぞ」

「俺、エレベーターやめて階段で降りようかな……」

誤解が広まり、怯えたようなささやき声が聞こえてくるが、幸い藤野辺はまだ懐古の海に浸っている。

あれは何がきっかけだったか、体育の授業から帰ってくると、藤野辺の机は空っぽだった。

着替えの服も、教科書も道具箱も綺麗《きれい》さっぱり姿を消し、使い古された無人の机がぽつんと、次の授業を待っていた。

教室の隅では、いつも揶揄《やゆ》の度がすぎてしまう男子のグループが、にやにやしながらこちらを見つめている。

そんなクラスメイトに「馬鹿なくせに」だの「先生に言いつけて通知票めちゃくちゃにしてもらおう」だの鬱々《うつうつ》としたことを考えながらも、藤野辺は睨み返すこともできずにうつむいてばかりいた。そうしていれば、誰かが異変に気づいてくれないか、という思いもあった。

だが、拗《す》ねるたびに、すぐにクラスメイトを馬鹿にしたり班行動に参加しなくなる藤野辺を、助けてくれそうな子は高学年になったころには一人もいなくなっていた。

着替えを終えたクラスメイトは、一人、また一人と次の授業のため理科室へ行ってしまう。汗だくの体操服姿のまま、教室で一人ぼっちになった頃、始業ベルが鳴り響いた。

どう先生に言いつけてやろうか。なんならあいつらの荷物もゴミ箱に捨ててやろうか。そうだ、机の中に給食をつっこんでおいたら、気づかないうちにカビて大変なことになるぞ。

そんな姑息《こそく》な報復で頭をいっぱいにして、一人教室で授業時間が終わるのを待ちわびていたそのときだった。

今頃理科の実験の真っ最中のはずなのに、突然教室の扉が開いたかと思うと、一人のクラスメイトが大荷物を抱えて入ってきたのだ。

「あ、いた！　大丈夫か安達《あだち》～」

入ってきたのはクラスの人気者、学級委員長の弓瀬だった。

当時両親が離婚していなかった頃の藤野辺の名字は安達。名前の順で並べばお互い一番遠い存在で、ましてや身長順に並べば言わずもがな。そんな、挨拶さえろくに交わしたことのない弓瀬の言葉に、藤野辺はとっさに返事ができずに呆然《ぼうぜん》とそのクラスメイトを見つめていた。

自分と同じ体操服姿のまま、その手にひっさげているのは見覚えのある藤野辺の荷物ばかり。

きょとんとしていると、その荷物を藤野辺の机に積み上げながら、弓瀬が笑った。

「ったく、学校中探し回ったぞ。よかったな、トイレとか変なとこじゃなくて、教材準備室の画板いっぱい入ってるロッカーあるだろ、あそこに入ってた」

「な、なんで？」

「さあ？　今日俺が学級会で話してやるから、そのとき、なんでそんなとこに隠したのか聞いてやるよ！」

「いや、そうじゃなくて。なんでお前が探して……」

探してくれたんだ。とは言えず、もごもごと語尾を濁した藤野辺に、弓瀬は相変わらず輝くような笑顔のままだった。

「だって、体育終わって戻ってきたら、おまえの机空っぽだからさ。誰がやったかわかんないし、犯人探しするより先に荷物を探したほうが早いかなって」

教室に戻ってきたら、普段ろくに会話もしないクラスメイトの荷物がどこかに追いやられている。それだけで、弓瀬は着替えも後回しにして学校中を駆けずりまわれる男なのか。

藤野辺にとってそれは衝撃的なことだった。

今までずっと弓瀬のことなんて嫌いだった。言葉は交わしたことはないが、弓瀬はとにかくクラスでも目立つ存在だ。格好いいし、親は弁護士で町内でも有名なお金持ちのおぼっちゃん。学級会好きの仕切りたがり屋だが、誰にでも優しくて、人が嫌がることを率先して請け負うため、男女問わず好かれている。そして、運動神経は抜群で校内マラソンはいつも学年一位を争っているくせに、勉強もできるのだ。

クラスで満点が二人います。

そう言われるときはいつも藤野辺と弓瀬のことで、勉強しか取り柄のない藤野辺にとって弓瀬は「なんでも持っててずるい」と思う対象であり、嫌いな相手なのに、お得意の「馬鹿なくせに」という悪態をつくこともできない相手だった。

あんなやつ、どうせ中学か高校で挫折《ざせつ》するにきまってる。

根拠のない悪口を、何度胸のうちで呟《つぶや》いただろう。弓瀬は、いたずら好きのクラスメイトと違って、今まで一度だって藤野辺をいじめたこともからかったこともないのに……。

しかし弓瀬は、目につく輝くものすべてを馬鹿にしていた藤野辺を、汗だくになって助けてくれたのだ。

藤野辺はとたんに恥ずかしくなった。

あんな気持ちはあとにも先にも初めてだ。

文句も言えず、かといって自分の荷物を探しもせず、助けを求めることもできずに、延々と一人で姑息な報復を考えてばかりいた三十分間、自分はきっとクラスメイトの誰よりも馬鹿だったに違いない。

「ほら安達、さっさと着替えて理科室いこうぜ！」

「い、いいよ。今から行っても変な注目浴びるし、先生にもいろいろ聞かれるし、怒られるし……」

「だからだろー。一緒に怒られようぜ！」

あんなに嫌いだったのに、このとき藤野辺は弓瀬のようになりたいと心から思った。

人を陥れることばかり考えているより、弓瀬のように迷わず誰かの役にたてる人間に。

いつもなら拗ねて教室でじっとしているところを、藤野辺は弓瀬につられるようにして、手早く着替えて遅刻した授業に向かう。その道中、弓瀬が言った。

「今日の学級会は犯人探しだな！」

「い、いいよ別に。荷物返ってきたし、変に目立ったら笑われるし」

「じゃあ俺が笑うなって言ってやるよ」

「………」

「駄目だぞ泣き寝入りは。おまえも悔しいし、イタズラしたほうもだんだんもっとひどいことするようになるかもしれないだろ。なんだっけ、エレベーターだっけ」

「……もしかして、エスカレート？」

「あ、そうそう、それ！」

「なんだよ、おまえテストの点いいくせに、そんな言葉も知らないんだ」

ついいつもの癖で小馬鹿にしたような言葉を発してしまった藤野辺は、はっとして口元を覆った。

しかし、弓瀬は笑っていた。

「いいんだよ！　俺は弁護士になるためにもっと小難しい言葉覚えなきゃならないんだから、英語は後回し後回し！」

手を口にあてたまま、思わず藤野辺は吹き出してしまった。

弁護士になる。は、弓瀬の口癖だ。

幼稚園の頃から七夕の短冊に「べんごしになる」と書いていたという筋金入り。

クラスで盛り上がっているとき、弓瀬の声が嫌でも聞こえてくるから知ってはいたが、こうして面と向かって聞くのは初めてだった。

「なんで笑うんだよ」

「だって、弓瀬ってそればっかりだなと思って」

「言いまくってたら、大人になったときみんなが俺のこと思い出して、困ったとき頼ってくれるかもしれないじゃん」

「そ、そんな計画立ててたのかよ」

「うん。ちなみに、学級委員会は俺の弁護の予行演習なんだから、協力してくれよな！」

子供のごっこ遊びは様々だが、弁護士ごっこは初めて聞いた。

あっけにとられて、その後も続く弓瀬の弁護士への夢を聞くうちに、藤野辺はだんだんその夢に惹《ひ》かれていった。

勉強は得意だが、何になりたいかなんて考えたことはない。

勉強をして、テストの点数だけが楽しみで、あとはクラスメイトへの愚痴を頭の中で捏《こ》ね繰りまわす今までの自分を捨てて、もっと身軽になって少しでも弓瀬に近づきたいと感じた思い出は、今も鮮明に藤野辺の中に根付いている。

あの事件以来弓瀬と交流が増えたかといえばそういうわけでもなく、弓瀬は相変わらず誰にでも優しくて、藤野辺は脱皮しようともがいたり、いつもの根暗な性根に溺《おぼ》れたりを繰り返していた。

けれども、弓瀬のことを考えるとそれだけで前向きな自分になれた。安直だが、同じ夢を目指すだけで勉強が今まで以上に楽しくなったし、少しでも馬鹿にされまいと明るくふるまったり、あなどられまいとダイエットにもチャレンジしてみた。

弓瀬の中では思い出の片隅にも残っていないだろうが、藤野辺はそれでもよかった。

藤野辺にとって目指したい背中がある。それは、とても大きなことだったのだ。

あれから長い月日を経て、本当に法曹界で再会できたときは心底感動したものだ。今、藤野辺の手元に残っている弓瀬とのささやかな思い出といえば、弓瀬がクラスメイト全員にくれた土産《みやげ》もののボールペンと、小学校の卒業アルバム程度のものだが、思い出は今もなお色あせていない。

本当に、弓瀬はあの日の夢をかなえて弁護士になったのだと思うと、その思い出はいっそう輝きを増す。

藤野辺自身は、選んだ道を目指す途中、希望を検察官に転向したものの、こうして法廷で、それも同じ事件で巡り会うことができるなんて奇跡のようではないか。

弓瀬に憧《あこが》れ、法曹界への道を目指してきたからこそ、この機会を存分に戦って勝ってみたい。

弓瀬と対等に戦って、今度はクラスのたくさんいるうちの誰か、ではなく同じ法曹界の一人として深くその記憶に自分を刻み込んでほしい。

我ながら歪んだ初恋だな。と、藤野辺が弓瀬を飽きもせずに眺めながら忍び笑ったそのときだった。

懐古の海から藤野辺を引きずり出すような着信音が、裁判所の廊下に鳴り響く。

はっとして藤野辺は内ポケットから携帯電話をとりだした。

法廷を出るとマメに携帯電話の電源を入れなおすのだが、最小限にしてある着信音は、それでも裁判所の中ではよく響いて聞こえる。

失礼、と誰にともなく言いながら液晶パネルを見ると、知人からの連絡メールだ。

残業は免れそうだから、待ちあわせの時間は間にあう。会うのが楽しみだ。という文言に、自然と藤野辺の頰《ほお》も緩む。

以前の赴任先の知りあいと、今夜会う約束があった。

今日は、弓瀬ともたっぷり戦えたし、久しぶりに気のおけない仲間とも会える。その上、こうして間近で弓瀬を見つめることができるのだから、実にいい日だ。

浮つく心を周囲に悟られまいと渋面を作り顔をあげると、いつのまにかあたりの人々が揃《そろ》ってこちらを見ていたことに気づく。

とくに、ようやく藤野辺の存在に気づいたらしい弓瀬と正木、二人からの凝視が、肌に刺さるようだ。まずい話を聞かれた、とばかりに頰をひくつかせる弓瀬の隣で、被告人の正木に至っては顔面を蒼白《そうはく》にしている。

しかし、そんな機微に気づく余裕もなく、藤野辺は弓瀬と目があったせいで、胸が痛いほどに弾み、判断力は爆竹のように爆《は》ぜた。

挨拶しようか、手をふってみようか。いや、自分らしくないから少し会釈する程度でいいか……いや、でもせっかくだからちょっと話しかけてみるのもいいかもしれない！　いや、でも恥ずかしいな。さっきまで罵りあうかのような勢いでやりあっていたしな……。

はしゃぐ思考回路に反して藤野辺の表情は、身に染み着いた剣呑《けんのん》な検事顔のまま。

「あれは、あの場で弁護士ともども被告人を公開処刑にしそうな顔だった」と、のちに傍聴マニアにささやかれた藤野辺の眼光に、エレベーター待ちの人々は凍《い》てつく空気に包まれたのだった。


藤野辺は確かに口も態度も悪いが、根は真面目なほうだ。

昔と比べ積極的になったとはいえ、子供の頃勉強に夢中だったように、今では仕事に夢中で、友達はできたものの好んで馬鹿騒ぎをすることもなければ飲みにでかけることもない。

だからこそ今夜の予定は、久しぶりの息抜きとばかりに楽しみにしていたのだが、せっかくの夜、藤野辺の眉間には、くっきりと縦皺が二本刻み込まれることとなった。

待ちあわせた男と連れ立ってやってきた部屋には、濃厚な甘い香りが満ちている。

タバコの香り、ローションに使われている香料の匂い、それにすでにいる男たちの熱気が狭い部屋に混じりあい、鼻腔から脳へと直接下品な官能が染み込んできた。

去年の赴任地の仲間が、出張でこちらにくるから会いたい、といってメールをくれたのが先月の話。

待ちあわせの場所として、このホテルの前を指定されたときは藤野辺は何一つ不満などなかった。

昔は賑《にぎ》わっていたらしいが、今では寂れた元風俗街に建つおんぼろホテル。閉鎖した小さな工場が並ぶ町のこの片隅が、近年同性愛者のたまり場になっていることは百も承知だ。

むしろ気になっていたが、一人では腰が引けて、来ることができなかっただけ。

幼い頃、女子の残酷かつ無邪気な暴言とイタズラのオンパレードを経験した藤野辺は、ようやく友達の輪が増えた中学生活後半には、すでに自分が女性への期待を抱《いだ》いていないことに気づいていた。

それどころか、どこのクラスの誰が好き、なんて話になったときに、ぱっと思い出すのは小学校時代の弓瀬の姿なのだから、自分の性的指向について開き直るのは早いものだ。

開き直った、といってもどのみち学生時代は勉強とダイエットに忙しかったし、いざ社会に出ても性的指向をオープンにする機会はないまま。今まで転勤は三度あったが、どの地方でもこっそり同類の集まる社交場を覗《のぞ》き見して、顔見知りができれば少し一緒に過ごす程度のプライベートを過ごしている。

威勢がいいのは口だけで、プライベートではまだ臆病な虫がうずいている上に、誰かと出会い恋に溺れるには日々忙しすぎた。

つきあっているのかいないのか……そんなふわふわとした関係のまま、赴任先で出会った誰かと縁を続け、転勤を機に別れてしまうのがいつものことだったので、正直去年まで一緒だった男がわざわざ転勤先まで連絡をくれたのは嬉しかった。

つかず離れずのまま、坂江《さかえ》という男とはもう三年のつきあいになる。

今までの相手は転勤を機に関係が切れるのが普通だった。それが珍しく、お前に会いたくてそっちへの出張入れちゃったから一週間出張まみれだよ、なんてことを言われれば、甘い期待を抱いてしまうのも仕方ないことだろう。

藤野辺は、部屋の片隅に並べられたカウチの一つに座り足を組むと、溜息をこらえてあたりを見回した。

相変わらず熱気に満ちた部屋の真ん中にはベッドパッドがいくつか敷き詰められ、真ん中ですでに盛り上がっている男が五人ほど絡みあっている。真向かいのソファーセットでは、初めまして、なんて挨拶していたくせにいつのまにか濃厚なキスを見せつけてくる若い男。

無人の廃屋のような古ぼけた四階建てのホテルの、最上階にあるパーティー用の大部屋に到着するまで、坂江のにやけ顔にまったく疑問を抱かなかった自分の脳天気さが今となっては腹立たしい。

何が甘い期待だ。と、部屋の隅で見知らぬ誰かとさっそく意気投合している坂江を見つけた藤野辺の眉間の皺の理由は、しかしそれだけではなかった。。

「弓瀬くんさあ、サトルに甘いよね。俺がパーティー誘ったときは興味ないって言ってたくせに。ちょっとひどいんじゃない？」

「ひどいのはサトルだよ。乱交パーティーだって知ってたら来なかったさ」

「こういうときだけ堅いなあ」

「俺はいつでもお堅いぞ？」

「嘘つき」

すぐ左隣から、楽しげな会話が聞こえてくる。

なぜ、ゲイの乱交パーティーにこの男がいるのか。

「ねえ弓瀬くん、僕、連れがいるんだけど、弓瀬くんと相性いいと思うんだー。どう、三人でしない？」

隣の話題に、藤野辺はおそるおそる視線だけ向けた。

今朝戦ったばかりの弓瀬が、今はラフな格好でカウチにのんびり腰かけている。その膝《ひざ》に乗るようにして弓瀬にしなだれかかっているのは、線の細い男。繊細そうなその青年の手は、ちゃっかり弓瀬のジーンズのチャックのあたりをさまよっている。

これは夢だ。いや、夢であってほしい。

そう思いながらかれこれ数十分、こうしてここでじっとしているのだが、一向に夢から覚める気配はなかった。

それどころか、この淫靡《いんび》な薄暗さの中で眺める弓瀬の横顔はなんとも色っぽい。

スーツを脱ぎすて、弁護士バッジもつけず男といちゃついている弓瀬など、ただの色ぼけだ。と自分に言い聞かせるが、ついちらちらと横目で見てしまう。

他人に股間《こかん》まさぐられながら鼻の下のばしてる男に、なんで見とれなあかんねん。

そんな自問自答もむなしく目が離せないでいるうちに、弓瀬を誘っていた青年がさらに甘えるような声を発した。

「ね。俺も、弓瀬くんとは久しぶりだし」

「駄目」

弓瀬の即答に、藤野辺は我知らずほっとする。

「なんでだよ。ほら、サトルあっちでもう始めちゃってるし、向こうが終わるまで僕たちも楽しもうよ」

「こういうところは、俺は楽しくないんだよ。それより、ここの部屋代いくら？」

「あ、お金だけ置いて帰る気でしょ」

「お前と二人きりになれるなら大歓迎なんだけどな……」

甘いささやきとともに、弓瀬が彼の股間を這《は》っていた青年の手を撫《な》でるのが見えた。

人が、すっかりかっこいい弁護士になって、と憧れていたというのに、一皮剝《む》けばとんだ遊び人だ。

甘いマスクで甘い言葉をささやく憧れの男を呆然と見つめる中、弓瀬は部屋をうろつくほかの男にも愛想良く手を振ってやったりしているではないか。

「ちょっと弓瀬くん、俺と二人きりだったらとか言いながら、よそ見をするなよ」

むっとしたような青年の声に、弓瀬の愉快そうな笑い声。

たっぷりそんなやりとりを見せつけられた藤野辺は、思わず吐き捨てた。

「モテモテでんな……」

とたんに、弓瀬の肩がびくりと跳ねた。

どこか強《こわ》ばったままの弓瀬の笑顔は、わざとらしいほどこちらを向こうとしない。

この部屋ではちあわせて以来、藤野辺があえて弓瀬と視線をあわせまいとしていたように、弓瀬もまた、同業者との邂逅《かいこう》に焦っていたのだろうか。

そんな二人の空気の変化に気づくはずもなく、青年が弓瀬の首に抱きつきながら嬉しそうに笑いかけてきた。

「そうだよ、弓瀬くんモテるんだから。お兄さんこそ、そんなつまんない顔してないで一緒に……ふぐっ！」

「そんな恐ろしいことを言うのはこの口か！」

ようやく笑みをはがした弓瀬が、慌てた様子で青年の口を無理やり塞《ふさ》いだ。その態度からして、藤野辺と同じように、弓瀬もこんな場所での同業者との邂逅に焦ってはいたらしい。

しかし、焦っているのが自分だけではなかったという安堵よりも、実に仲の良さそうな二人の姿が目に障り、つい言葉使いは荒くなる。

「誰が混じるかボケ。それより坊主、そのモテモテ男の言うとおりや。ここの部屋代なんぼや？」

見かけによらない藤野辺の口調に驚いたらしい青年が、目を丸くして弓瀬にしがみつく。

藤野辺には、乱交パーティーの光景に辟易《へきえき》しつつも、一人でホテルを出ていくわけにもいかない理由が二つあった。

一つは、入室しておきながら、部屋代と称した会費を払わずに出ていくのは気がひけたこと。もう一つは、大勢が一つの部屋に集まるため、防犯のために荷物を預けさせられてしまっているからだ。

誰に声をかけても「いいから楽しんでいけよ」と返されて、すっかり拗ねてしまった藤野辺は、こうして坂江がパーティーに満足するまで座っているほかなかったのだが、弓瀬も同じ立場のようだ。

その弓瀬の陰に隠れるようにして、青年が嘆息した。

「あんたも帰るつもり？　ノリ悪いなあ。弓瀬くんもだよ、普段はとっかえひっかえのくせに、乱交だけは嫌だなんて慎ましいフリしちゃってさあ」

「ほう、とっかえひっかえ……」

青年の言葉を聞きとがめた藤野辺の声が、意識していなくとも低くなる。さすがに気まずいのか、青い顔をした弓瀬が再び青年の口に手を伸ばした。

「こら、隣のおじさんにこれ以上話しかけるんじゃありません！」

「もがっ」

とっかえひっかえだかなんだか知らないが、青年と弓瀬の関係は良好そうだ。なんだか恋人同士の睦《むつ》みあいを見せつけられているようで実に不愉快だ。とばかりに藤野辺は眉間の皺を増やしてカウチにもたれかかった。

弓瀬がなぜゲイの社交場にいるのか。なんて疑問は、話しあうまでもなく、べったりと弓瀬にへばりつく青年のおかげで解決してしまった。まさか弓瀬が同類だった上に、とっかえひっかえ野郎に成長していたとは。

自分も胸を張って慎ましいと言える立場でもないのに、勝手に拗ねた藤野辺はむっつりと押し黙る。

嫉妬《しっと》のような思いを抱いて視線を部屋にやると、ベッドの向こうで別の男と話をしていた坂江と目があった。

すでにシャツを脱ぎ捨て上半身裸の坂江は、上機嫌でこちらに向かってくる。

久しぶりの逢瀬があれほど楽しみだったというのに、間接照明に柔らかく照らされる腹筋の陰影に色気を感じるよりも、苛立《いらだ》つ今の藤野辺に、その裸体はサンドバッグにしか見えない。

「おい砦、いつまで座ってんだよ」

苦笑とともに名を呼ばれ、藤野辺はめいっぱい坂江を睨み上げた。

「お前が来いというから渋々来たんや。おとなしく座ってるだけでも褒めてもらいたいもんやな」

「馬鹿、こんなとこで座ってるだけで、なんの得があるんだよ」

坂江の言葉に、なぜか、隣に座る弓瀬と抱き合っている青年が、うんうんとうなずくのが見える。

理解に苦しむ、とばかりに藤野辺は渋面を作ると、隣人にも聞こえるだけの音量で言い返した。

「こんなところでお前みたいに半裸になって、なんの得があるねん」

今度は、視界の端で弓瀬がうんうんとうなずく。

しかし、藤野辺の渋面も弓瀬の同調も目に入らないかのように、坂江はいつもなら魅力的でさえあったはずのポジティブさをこんな場面で発揮し「いいからいいから」と言ってのしかかってくるではないか。

ぎょっとして身じろごうにも、カウチの太い肘掛《ひじか》けに阻まれ、右にも左にも逃げられないところを、坂江はさも楽しそうに腰を抱いてくる。

「なんもよくないわ！　どつくぞお前っ」

「そんな強がり言っちゃって」

誰が強がりだ。と言って頭突きの一つも食らわしてやろうかと思ったが、長いつきあいだ、藤野辺の喧嘩《けんか》っぱやさは坂江も百も承知だ。

藤野辺が反撃に出るより先にその顎《あご》を摑《つか》まれ、あっと言う間に唇を奪われる。

暴言は坂江の唇に吸い込まれていき、慌てて押《お》し退《の》けようと相手の胸を押し返すと、その隙にシャツのボタンに手をかけられてしまう。

カウチに押しつけられた格好では、どうにも分が悪い。

「あ、ほ！　こんな人目のあるとこでするあほがおるかボケ……うわっ」

「人目あるからいいのに。ねえ」

「ねえ」

すっかりその気の坂江が、もはや見物客と化した弓瀬らに向かって同意を求めると、弓瀬の連れの青年がまたうなずいた。

その青年の口を一生塞いでおけ、と弓瀬に文句の一つも言いたくなったが、今はそれどころではない。

「せやったらお前とそこのガキで乱交でもなんでもしとけやドアホ！」

そう言ってもがく藤野辺の拒絶など、他人から見ればプレイの一環にしか見えなかったのか、弓瀬の連れの青年の反応は呑気なものだ。

「ねえねえ弓瀬くん、帰りたい仲間も盛り上がっちゃったし、弓瀬くんも俺と一緒にやろうよ」

「誰も盛り上がってなんぞおら……んーっ。ん、待てって……」

首筋に嚙《か》みつかれ身をすくめたところへ、坂江の手が股間へ伸びてきた。

たまらず片足をカウチの座面に上げ、三角座りのような格好になるが坂江の手を阻むことはできない。それどころかますます逃げ場はなくなり、あとは必死で男を膝蹴《げ》りするくらいしかできなくなる。

ベルトがはずれ、降りたスラックスのジッパーの隙間から男の指先がもぐりこんできた。

そちらにばかり気をとられていると、ふいに耳元に坂江のささやきが呼気とともに吹き込まれる。

「ほら、もう乳首つんつんしてる」

「へ？　あ、待てこの……っ」

ボタンの三つはずれたシャツの隙間から手が入ってきた。

胸の小さな突起を爪弾《つまび》かれたとたん、カウチの上で腰が跳ねる。

自分のどこが弱いかなんて百も承知だ。

まさか、このまま乳首で情けない声を上げる姿を弓瀬に見られるのかと思うと血の気《け》が引いた。

仕方がない。次のキスの機会に、坂江の舌を嚙みきって俺も死のう。

そんな物騒な混乱をきたす思考回路を、思いがけない悲鳴が断ち切った。

「うわっ、ちょ、あんた何すんだよっ」

慌てたような悲鳴に顔を上げた目の前で、坂江のジーンズが一気にずり下がっていく。突然さらけだされた男の下半身に、思わず蹴りのひとつも入れたくなるが、その誘惑を断ち切り見上げると、坂江の肩越しに弓瀬の姿があった。

あの青年と一緒になって、人の受難を鑑賞しているのかと思っていたが、いつのまにか、弓瀬は坂江の後ろに回っていたらしい。

「お、あんたいいもんもってるね」

どうやら、男の着衣を下着ごとずりおろした犯人であるらしい弓瀬は、まじまじとその下半身を見つめて言い放った。

場所が場所だ。坂江は、突然のことにうろたえつつも、じゃれあいのうちだと思ったのかうわずった声で応じる。

「さ、サンキュ。なんなら混ざるか？」

「かまわないのか？　なら遠慮なく」

言うなり、弓瀬はさっと藤野辺に手を伸ばしてきた。

その仕草が強引なものでなく、むしろ遠い昔を思い起こさせるような仕草だったせいか、藤野辺は当然のようにその手を握り返してしまっていた。

未だに幼い弓瀬の姿が記憶に色濃く残っているせいか、弓瀬の手の大きさと、その骨太さに奇妙な感慨を覚える。

と、そのことに感動するより先に、藤野辺の体はぐいと弓瀬に引き寄せられた。そして、そのまま耳元で「出るぞ」とささやかれる。

問い返す暇もなく、強く腕を引かれた藤野辺は弓瀬とともに部屋の出口へ向かって駆け出していた。

「あ、おいちょっと待て……うわっ！」

坂江の声とともに、何かが盛大に転がる音が追ってくる。

どうやら坂江は、弓瀬の手で足首までずりさげられていたジーンズが絡まり、振り返りざまに転倒したらしい。

無様な姿を見てやりたかったが、弓瀬は藤野辺の手をしっかと摑んだままずんずん進んでいく。

あっと言う間に部屋を抜け出したあと、弓瀬は廊下のすぐ突き当たりにあるエレベーターには向かわず、なぜか脇にあった非常階段への防火扉を開けた。そして、あとは屋上しかない、上へ続く踊り場へ上ろうとする。その背に思わず藤野辺は「おい」と声をかけたが……。

「黙ってろ、俺にちゃんと考えあるから！」

そう言われても、上に行けば逃げ場はない。何を考えているのかと不安になったそのとき、階下の防火扉越しに、部屋の扉が乱暴に開く音と、男の声が聞こえてきた。

「くっそ、砦のやつ！　おい、戻ってこいよ砦！」

派手に転んでいた連れだが、この様子では股間も頭もぶつけることなく、元気のようだ。

弓瀬とともに、屋上手前の踊り場に身をひそめると、藤野辺はささやき声で尋ねた。

「おい弓瀬、考えあるて言うけど、なんで袋小路に逃げたんや」

「まあ見てなって」

袖《そで》で額の汗を拭《ぬぐ》いながら、弓瀬は朗らかに笑う。

不思議に思っていると、階下の坂江の声に他の男の声が加わった。

「おい、エレベーターがまだこの階に止まってるぜ。階段で降りたんだろ。まだ一階でもたもたしてるだろうから、追いかけようぜ、ロビーのスタッフも、様子のおかしい客は引き留めてくれるだろうし」

「悪いな。じゃじゃ馬だから気をつけろよ」

非常階段の扉の音が階段に響いたかと思うと、二人分の足音が一気に階下に降りていく。

あのまま呑気に、稼働の遅いオンボロエレベーターで逃げていたら、追いつかれていたかもしれない。

しかし、そのことよりも「あいつのことならなんでも知っている」といわんばかりの連れの言葉が引っかかり、藤野辺の口から不満が漏れた。

「誰がじゃじゃ馬やねん」

「まったくだ。じゃじゃ馬にはもうちょっと可愛げってもんがあるべきだ」

「ほう……。まあええ、なんにしろ助かったわ。坂江を騙《だま》せるやなんて、遊び人は遊び人の思考回路がようわかるっちゅうことやな」

皮肉のつもりが、朗らかな笑い声が返ってくる。

「まあそういうことだ。だけど、暴れ馬にもけっこう可愛いところがあるんだな」

なんのことだ、と眉間の皺を深めると、弓瀬の瞳が悪戯《いたずら》っぽく輝いた。間近でそんな風に微笑《ほほえ》まれると、心臓に悪い。

内心、胸をときめかせながら返事を待つ藤野辺に、弓瀬が手を伸ばしてきた。

不思議そうにその指先を見つめていると、長く節くれだった指先が、ベルトをはずされたままだった藤野辺の股間に辿《たど》りつく。

「いいのか、このまま放っといて。半勃ちのまま帰る気か?」

「ひ、人の下半身事情はほっとけ。こんなもんすぐ収まるわい!」

ときめき損だ。

つい赤くなって怒鳴りかけた藤野辺に、子供をあやすように「しっ」と人差し指を口元にあてて見せた弓瀬は、するりとジッパーの隙間に指を潜らせてきた。

勝手知ったる体だとばかりに坂江に触れられ、少し昂《たかぶ》ったままの体は、突然の刺激にもどかしい熱をはらみはじめる。

「さっきの連中がエレベーターで戻ってくるか、階段で戻ってくるかまではわからないから、戻ってくるまでここで大人しくしておいたほうがよくないか？」

「なっ、なっ、何を都合のええことを……っ」

「それに」

「それになんやっ」

「鞄《かばん》、預けっぱなしだろ」

ぎくり、と藤野辺が体を強張らせた。

おっしゃる通りだ。まさか、仕事に関するものを持ってこんな街まで来たりはしないが、それでも鞄を取り返せないのは痛い。

なにより、鞄の中には一本のボールペンが入っていた。

……弓瀬がかつて、クラス全員にくれた安物のボールペン。それを、藤野辺は今も愛用していて肌身離さず持ち歩いているのだ。

今日のような日は、どんなシチュエーションでジャケットから滑り落ちるかわからないから、という理由で鞄に仕舞っておいたのだが、それが仇《あだ》になった。

財布さえ、こういった場所に来るときのために、ある程度の額を入れただけのものだから、ボールペンのことさえなければ鞄ごと見捨ててもよかったくらいなのだがツイてない。

悶々《もんもん》と、鞄、いやボールペンの奪取方法を考え込みそうになった藤野辺に、弓瀬が助け舟を出してきた。

「さっき俺と一緒にいた子に、俺とお前の鞄取ってきてくれって頼んでんだよ。ここで待ってるからって言って。だから、それまではここにいてくれよ」

「くっ……なんやありがたすぎて腹立ってきたわっ」

なんだか、うまく操られている気がして、藤野辺はそっぽを向いて弓瀬の手をどかそうとした。

しかし、弓瀬の手は離れるどころか、指使いがいやらしくなる一方だ。

「っ……」

階下の廊下が、新しい客でも来たのか、騒がしくなる。

ついでに、エレベーターをその客が使っていたせいなのか、階段の足音が再びこちらへと向かってきた。

人のざわめきや足音が、すぐ間近にあるような錯覚に陥りそうな場所で、藤野辺はよりによって弓瀬の手淫《しゅいん》に腰を震わせながら、弓瀬がささやく。

じっと階下の足音に耳を澄ませる仕草を見せた。

「嫌か？」

「い、いや？」

「嫌なら、無理強いはしないんだが」

「…………」

選択肢などない。こんな場所で、出会いがしらの男と性行為だなんてどうかしている。

と、いつもなら当然のように嚙みつけるはずが、藤野辺の中を甘い期待が走った。

自分で自分に幻滅しそうな、浅ましい期待が。

「人前が嫌ってだけで、あの男とやる予定ではあったんだろ？　やる気満々のとこ、肩すかしくらって辛いんじゃないかと思ってさ」

「や、やる気満々とか、そんなんと違うっ」

下手な抗議を上げつつも藤野辺は、階下の足音、目の前の弓瀬の双眸《そうぼう》、そして自分の中の浅ましい期待、そのどれからも逃げ出したくて、視線を泳がせた。

嫌、と言えば弓瀬はしないだろう。

勝手にそう信じているのだが、藤野辺の口は「嫌」と紡いでくれない。

階下の足音の主の話し声ははっきりと聞き取れるほど近づいてきた。そして、四階の非常階段の防火扉を開ける。

と、その廊下で、また誰かと鉢合わせたらしい、声が聞こえてきた。

「お、なんだ賑やかだな。新規の人？　なああんたら、一階で慌てた感じで出ていく奴見かけなかったか？　一人はいかにもインテリって感じのメガネで、もう一人は背の高い……」

おかしな気分だ。

ひどく倒錯的で、夢でも見ているような浮ついた心地。

あれほど憧れた少年が、今立派な成人男性となって目の前に現れ、その上偶然にも同じ性指向を持ち、さらに偶然が重なり、今、淫《みだ》らな行為の入り口にいる。

震える唇をじっと見つめていた弓瀬が、残酷なことをささやいた。

「嫌って、言わないのか？」

向かいあい、抱きすくめるようにして弓瀬は藤野辺の肩に顔をうずめてきた。

藤野辺の耳朶《じだ》を、弓瀬の笑い声がくすぐる。

「嫌なら無理強いしないけど、そのときは俺の耳を思い切り引っ張ってくれ。それが合図でどうだ、ん？」

「お、おまえが自発的にやめたらええやんかっ……」

答えながら、藤野辺は弓瀬の耳に手を伸ばした。

丸い耳骨を指でつまむが、しかし引っ張ることができない。

逆に、ふっと、藤野辺の耳孔に息を吹きかけられる。

たまらず腰を反らすと、その反応を待っていたかのように弓瀬の手がスラックスのウエストにかかった。下着ごと、一気に着衣を引きずり降ろされ、膝立ちの足元にスラックスが落ちる。

下着が太股に引っかかり、むき出しにされた股間を冷風が撫でた。

そのせいで、じっとりと自分の肌が汗ばんでいるのがわかる。

衣類にぎちぎちと圧迫されていた自分のものがさらけ出されてしまうと、心地いい解放感が藤野辺を襲ったが、弓瀬は震えるその肉茎に触れてはくれなかった。

そのかわり、右手が太股のあいだに差し入れられたまま、その指先が尻たぶを割り開こうとする。

「ま、待て弓瀬……っ」

「乱交パーティー会場でぶすくれて一人で座っていたわりに、準備万端だな藤野辺検事」

「あほ！　違うわ、あいつが何をしたいと言い出すかわからんから自衛のためにやな……」

「あんな奴、そんなに甘やかしてやることないのに」

臀部《でんぶ》を撫で、快楽への入り口を見つけた弓瀬が笑ったのはほかでもない、藤野辺のそこが待っていましたとばかりに弓瀬の指に吸いついたせいだ。

今夜久しぶりに会える、と思い準備万端だったそこは、今更「実は身持ちが堅い」なんて言い訳は誰にも通用しないだろうほど他人の指に従順だった。

弓瀬の指先が、捏ねるように後孔の入り口を撫でる。柔らかな肉を押し込むように揉《も》まれ、藤野辺の腹の奥が物足りなげにうねった。

どうしよう。藤野辺は弓瀬の耳をつまんだまま煩悶した。

抱きあう相手の体温に、快感は煽《あお》られる一方だ。

弓瀬の指先が、ほんの少し藤野辺の中に入ってくる。

その物理的な事実に、腰が揺れそうな自分を自覚する。

こんなチャンス、二度とあるはずがない。

一度だけ、夢見た男と過ちがあったっていいんじゃないか？

自分を甘やかす言葉が脳裏にいくつも浮かび、藤野辺は弓瀬の耳をなぞるように撫でた。

それこそ、産毛をなぞるようにそっと。

とたんに弓瀬の肩がぴくりと跳ね、弓瀬も快感を覚えているのだと思うとたまらなくなる。

腹の奥がうずく。後孔の内壁がひくつき、それに誘われるようにして、弓瀬の指がついに入ってきた。

「っ……んっ」

「あ、すごい。いやらしいお尻してる」

「うるさい……っ、あ、そこっ」

弓瀬の指の動きのほうがよほどいやらしかった。

くすぐるように指を小刻みに動かしながら侵入してくるその感触。粘膜の至る所が、飢えたようにその摩擦に震えるのが自分でもわかった。

もどかしくて、強く弓瀬にしがみついていると、それをあざ笑うように今度は大きく中を抉《えぐ》られる。

吐息が、こらえきれないほど甘い色気を帯びていく。

藤野辺を支えるように腰を抱いていた弓瀬の手が、ずるずると落ちてくると、わし摑むように臀部を揉まれた。

弾力のある筋肉に、弓瀬の指が食い込んでいるのだと思うと背徳感に肌が粟立《あわだ》つ。

「は、ぅっ、……」

階下で大きな笑い声が咲いた。

たまらず、弓瀬の指を締めつけてしまう。

その緊張をなだめるように、弓瀬が藤野辺の耳に舌を這わせる。だが、その感触はますます藤野辺の内壁を反応させるばかりだ。

「ぁ、うんっ……、ぁかん、声、響いたらまずい……」

「なら、俺の肩でも嚙んでるといい」

耳をまるごと食べるように食いつきながらささやかれ、藤野辺は甘えるような吐息を漏らして弓瀬にしがみついた。敏感に震えた自身の性器の先端が、いっそう膨らみ、弓瀬のジーンズを叩く。

後ろをくじられながら、前を弓瀬の股間に圧迫される。

わざとらしく弓瀬が腰をゆするたびに、布地が藤野辺のものをこすり、その強すぎる刺激に、何度も後ろの孔で弓瀬の指を締めつけてしまう。

信じられない。弓瀬にされてる。

そう思うだけでいつもより興奮してしまい、きっと弓瀬から見れば色狂いに見えただろうほど藤野辺は敏感になっていた。

おずおずと、藤野辺は弓瀬のジーンズに手を伸ばした。

腰に触れると、一瞬弓瀬の体が反応するが、気にせずそのジッパーを降ろしていく。すると、耳朶に笑い声が触れた。

くつくつと、空気を揺らすような笑い方には、しかし藤野辺の行為への期待を感じさせる。

思い切って弓瀬の陰茎を探りあてると、藤野辺はそっと下着の中からそれを引きずり出した。

「っ……」

ほんのりと力を帯びたそれは、長さがあり、いびつな脈動はいつもの朗らかな弓瀬の雰囲気からは想像もつかない。

「合わせる？」

そうささやかれ、何が？　と思ううちに、弓瀬の片手が藤野辺と弓瀬、双方の陰茎をそっと握りあわせた。

ひくつく性器が触れあう感触に、藤野辺の膝が震える。

「んっ……」

「いいな、いつもの姿からは想像もつかない。あんた、どこもかしこも敏感だ」

「う、うるさ……んぁっ」

油断していると、後孔の奥深くを指でえぐられ、藤野辺は慌てて弓瀬のシャツの襟を噛んだ。

計ったようなタイミングで、階下からまた笑い声が聞こえてくるが、もう気にしていないかのように、弓瀬が腰の動きを激しくした。

弾力のあるお互いの性器が絡みあい、くびれた場所、膨らんだ場所、それぞれ触れあううちに、先走りの汁がこぼれはじめる。

ただでさえ独特の感触に緊張していたところに、ぬめるような液体が混じりあうと、えも言われぬ快感がお互いを襲った。

「ん、んっ。あ、待っ……そこっ」

ぐずついているのは前だけではない。しつこく後ろも捏ねまわされ、弓瀬の長い指先が何度も藤野辺のいいところをかすめる。

指一本。その細さがもどかしく、そのもどかしさが憎たらしいほど前の刺激と絡みあい、愉悦に溺れてしまいそうだ。

藤野辺のものはあっと言う間に昂っていく。

声を出してはいけない。そう思い、同時に弓瀬の手でイカされることへの興奮に、何か叫びだしたいような心地にもなる。

じっとりと、粘膜を押し広げるように、弓瀬の指先が感じる場所を押しつぶしてきた。

尻が、はしたないほど震えた。

自分の陰茎だけが、弓瀬の手の中で震え、膨らみきった先端がもう限界だとばかりにその小さな穴をひくつかせる。

「ん、藤野辺、イクのか？」

優しくささやきながら、弓瀬の陰茎が藤野辺の射精感を煽るように触れてきた。

「んんーッ！」

イレギュラーなシチュエーションに追い詰められていた体が限界に達するのはすぐだった。

蠕動《ぜんどう》する内壁を優しく撫でられ、達するあいだも、一滴残さず絞りだすかのように、弓瀬の手は藤野辺のひくつく陰茎を撫で上げてくれる。その刺激に、藤野辺の性器からはしつこく淫液が噴出した。

自分の体液が、弓瀬の手や陰茎を汚していく。

その背徳感に、射精してもなお藤野辺の興奮はなかなか冷めてくれそうにない。

「は、はぁっ、は、ぁっ……はぁ、こ、こんなとこでイってもうた……」

「あいつらも大人しく部屋に戻ったみたいだな。バレなくてよかった」

「へっ……？」

そういえば、と意味もなく階下を見下ろす。

いつのまにか四階からは物音ひとつ聞こえてはこず、人の気配さえない。

弓瀬から与えられる快感に夢中になっていたが、弓瀬のほうは気づいていたらしい。

「い、いけ、しゃあしゃあと……」

悪態をつきながらも、脱力した藤野辺の体はへたりと地面に崩れ落ちた。

今まで、必死で膝立ちでいたのだが、それもそろそろ限界だ。

「こ、公共の場で、まごうことなき軽犯……っ」

背徳感から逃げるようにそう呟きかけた藤野辺は、しかし目の前の光景に言葉を失った。

一人勝手に達してしまったが、触れあっていた弓瀬の陰茎は、中途半端に昂ったままだ。

こってりと、藤野辺の体液にまみれたそれは、ちょうど先端が藤野辺を求めるようにこちらを向いている。

憧れた男の興奮の塊に、はしたなく喉《のど》が鳴った。

気持ち良くなってほしい。

咄嗟《とっさ》にそう思ったのは、やはり自分の中で、思い出とはいえいつまでも弓瀬が大切な存在だからだろう。

一生に一度の機会と開き直って、弓瀬を受け入れたのだ。それなら、最後まですべきではないだろうか。

羞恥《しゅうち》を渋面の下に押し隠し、藤野辺は弓瀬を見上げた。

「弓瀬、立ってくれへんか」

「あ、ごめん。邪魔だったか？」

「いや、そうやなくて……お前まだやし」

ここまでしておきながら、弓瀬は自分の性処理については無理強いする気がないのか、あっけらかんとしたものだ。

まるで、自分だけがいかがわしいことを考えているような気になったが、藤野辺は意を決した。

「い、嫌やなかったら、口で……」

まさかの申告だったのだろう、弓瀬が驚きに目を瞠《みは》る。

口にしてしまうとやはり恥ずかしくて、また視線をそらしてしまった藤野辺の視界が暗くなった。長身の弓瀬が立ち上がり、踊り場に一つしかない蛍光灯の明かりを遮ったのだ。

弓瀬と挨拶を交わしていた男は、可愛いタイプが多かった。

自分では物足りないかもしれない。まったく好みでないかもしれない。そんな不安さえ生まれた藤野辺の鼻先に、弓瀬がそっと頭を持たせた肉茎を見せつけてくる。

「口で……何?」

わざとらしい問いかけは、熱い吐息に掠《かす》れていた。

その熱気に誘われるように、藤野辺はおずおずと弓瀬の下半身にすがりついた。

弓瀬の深い叢《くさむら》を探るように、根元を指先で支えると、思い切ってそれにかぶりつく。一気に喉奥まで、一度むせながら、しかしやっきになって舌を這わせながら。

「うっぁ……」

深く咥《くわ》えた藤野辺の鼻先を、弓瀬の陰毛がくすぐる。頑張ってみたが、根元まで少しを残して、藤野辺の喉奥に弓瀬の先端がぶつかった。思わずえずきながら、その長さに驚嘆する。

とりあえず、自分が汚してしまったところくらいは綺麗にしないと。と、藤野辺は弓瀬のものを口の中で嬲《なぶ》りはじめた。

「んっぷ、ふっ……」

根元からゆっくり唇を這わせ、舌を絡ませ、そうやって先端までたどり着くと、今度は膨らみきった亀頭に舌を押しあてる。ぬかるむ粘膜の中で弓瀬のものは次第に硬さも熱も増していき、口の中が犯されているような心地になってきた。

「……ん、んくっ」

「藤野辺、すごい、熱い」

「ん、うゆひゃい」

口から弓瀬のものを放しもせずに答える藤野辺の目もとは潤んでいた。弓瀬の欲望を咥え、その熱に自分がひどくあてられているのがわかる。

先走りの雫《しずく》を味わうように何度も先端を舐《な》めると、弓瀬がうめいた。

「お前……」

そんな、掠れた声が降ってきたかと思うと、次の瞬間には、藤野辺の頭は弓瀬の手に掴まれていた。

驚く暇もなく、乱暴なほどに喉奥まで弓瀬のものを押し込まれる。

「んっぐ、ぷっ、んぷぷっ」

奥深くに咥えさせられたまま、小刻みに腰を突きだされ、苦しさで目尻に涙が浮かぶ。しかし、嫌悪感は露ほども浮かばず、ただ自分に官能を求めてくれることに心地よい快感さえ覚えてしまう。自分でもこの男を気持ちよくしてやれるのかと思うと、もっと何かしたくなって、藤野辺は強引なイラマチオのさなかも、懸命に舌で肉茎にすがりついた。

いっそ健気《けなげ》なほどの口淫に、弓瀬のものはあっと言う間に張り詰め、ついに、藤野辺が音を上げるより早く弓瀬のほうが腰を引いた。

「ん、んっ？」

突然退く陰茎に、藤野辺はつい舌でとりすがった。

あと少しで達しそうなのに。そう純粋に思っただけなのだが、愛撫《あいぶ》のために窄《すぼ》めていた唇の感触にいっそう肉茎を張り詰めさせながら、弓瀬のそれは口腔から抜けていった。

あ、と弓瀬が焦った声を上げる。だが、そのときにはもう遅く、藤野辺の唇から勢いよく抜き出された弓瀬の陰茎から、体液が迸《ほとばし》った。

ようやく放出された白濁液が、狙《ねら》いすましたように藤野辺の顔にかかる。

「は、っ、はぁ、はぁ……すまん」

「いや……その、なんや……」

むっと、濃い体液の香りが肺まで入ってくる。

こってりと、頬やメガネにへばりついた精液が、弓瀬を貪《むさぼ》ることにすっかり興奮した藤野辺の肌を撫でてゆく。

まだ前戯だ。そんなざわつくような感覚が胸に湧《わ》きかけ、藤野辺は慌てて頬をぬぐった。

このくらいで止《や》めておかねば、自分はどこまで貪欲《どんよく》になってしまうかわからない。

しかし、弓瀬のほうは一度の射精で少し落ちついたらしく、慌てた様子でハンカチを取り出すと藤野辺のもとに跪《ひざまず》いた。

あたり前のように、そのハンカチでメガネを拭ってくれる仕草が格好良くて、ぼんやりと藤野辺は弓瀬に見とれる。

何を馬鹿なことをしているんだ。そう、自分を戒める声よりも、このままもう少しこうしていたいという欲望の声のほうが大きい。

こんなとき、どうしたらいいのだろうか。

いつのまにか、見つめあっていたお互いの瞳は、明らかにまだ熱欲に濡《ぬ》れていた。

だが、二人の肉欲の余韻に満ちたもどかしいやりとりは、そこで途切れることとなる。

「ねえ、お二人さん」

と、いきなり声をかけられ、藤野辺は弓瀬とともに飛び上がらんばかりに驚いた。

踊り場の数段階下から、ビジネスバッグを二つ抱えた青年が、不満げに立っていたのだ。

「そんなに盛り上がるくらいなら、パーティーに参加したらいいのに」

それとこれとは話が違う。

弓瀬が、青年に何か言いかけるその傍らで、藤野辺は急速に現実に引き戻されていた。

こんなホテルの踊り場で、下半身をむき出しにして、憧れの男の精液の香りに包まれて、これ以上何をしようとしていた？

ざっと血の気が引き、慌ててスラックスをずり上げると、弓瀬を押しのけるようにして藤野辺は青年に詰め寄った。

「ぼうず、それ俺の鞄やな！」

「え、あ、うん。っていうかはい、すみません、鞄ですっ」

「恩に着る！　あとそこのあほも返したる！」

「は、はい、ありがとうござい ま……す？」

勢いに気圧《けお》された様子で、青年が自ら鞄を差し出した。それをひったくるようにして摑むと、藤野辺は脱兎《だっと》のごとく階下の踊り場へと駆けだす。

鞄を脇に抱えた瞬間、視界の端で何か黒いものが飛んだ気がするが、こんな場所だ、ゴキブリか何かだろうと、気にも留めずに。

弓瀬の「あっ」という声が聞こえてくるが、理性が目を覚ましはじめた今、それに足を止める勇気などない。

何が今日はいい日や。厄日《やくび》の間違いやないか。

そんな悪態を自分に向ける藤野辺の口腔には、理性にがんじがらめにされてからも、いつまでも弓瀬の熱欲の感触が残り続けていたのだった。

「あれ、藤野辺さんいつものボールペンはどうしたんですか？」

ただ一心に仕事に集中していた藤野辺は、その一言にここが裁判所であることも忘れて気まずい息を飲んだ。

窓口で事務手続きのためサインをしようと、いつもの癖で自分のポケットからボールペンを取り出したのだが、同じ出身校のよしみで顔見知りになった職員は目ざとかった。

万年筆でもあるまいに、いつも大事に使っていた古ぼけた革のボールペンではなく、今日藤野辺が手にしているのはどこにでもあるダース買いのボールペンだ。

「……ちょっと見失ってもうて」

「へえ、大事にしてたのに残念ですね。ボールペンって失《な》くすとなかなか出てこないんですよね」

「出てこないことを前提に、話進めんといてください」

むっとして返事をしながらも、心臓のほうは軋《きし》むように脈打っていた。

どこで失くしたかは明白だ。

あの、思いがけず弓瀬がゲイ仲間だと知った夜……あの街にでかけるときは、確かに鞄の中にボールペンはしまっておいた。それが帰宅してからないことに気づいたのだ。

そして思いだすのは、逃げるようにしてホテルを飛び出したとき、視界の端を横切った黒い影。

思い出すだけで、藤野辺は重たい溜息を吐《つ》いて、窓口をあとにする。

あの日からまだ二日目だが、溜息の数は百を超え、気をぬけば後悔の海に溺れそうだ。

まさか、弓瀬とあんなことをしてしまうなんて。

何に後悔しているかと問われれば、何もかもに後悔しているとしか言いようがない。

ずっと憧れていた男との、情事のチャンスに飛びついた自分の浅ましさにも後悔しているし、現在同じ事件をかかえ係争中の相手と淫行に及んだモラルのなさにも後悔している。

なにより藤野辺を怯えさせているのは、問題のボールペンの存在だった。

弓瀬は、藤野辺の落とし物に気づいただろうか。いくら藤野辺の正体がばれていないとはいえ、あのボールペンが彼の目に入れば話は変わってくる。

懐かしいボールペンに、弓瀬の記憶が揺さぶられれば容易に小学生時代のことを思い出すだろう。

あのころの、しょっちゅう廊下のバケツにつまずいて水浸しになっていた太っちょが、未だに弓瀬のボールペンを大事に使って、チャンスがあれば弓瀬と淫らな真似までするなんてばれてしまったらどうしよう。

きっと気持ち悪いと思われるに決まっている。いや、ストーカーか何かと勘違いされたらどうしよう。

悶々と悩み、落ち込む姿は端から見ればよほど不機嫌に見えたらしく、今日も今日とてすれ違う人に「また判事室にカチコミでもしそうな顔をしている」とささやかれてしまっている。

せめて、ボールペンだけは取り戻したいのだが、やはり弓瀬に会う勇気はない。

溜息のかわりに煙でも吐こうと喫煙室に向かう藤野辺の背中を、ふいに誰かの手がぽんと叩いた。

今日は誰の相手もわずらわしいのだが。そう思いながら、眉間の皺もそのままに振り返った藤野辺は、自分の背中を叩いた者の正体に言葉を失った。

「あ、やっぱり。みんなが避けて通る後ろ姿を見て、藤野辺だろうと思った」

「…………」

失礼な物言いに、しかしいつものように悪態を返せず藤野辺は唇をひくつかせた。

そこには、細身のスーツの襟にひまわりのバッジを輝かせる弓瀬が笑顔で立っているではないか。

「ど、どうも」

思わず口をついて出たあたりさわりのない挨拶に、弓瀬も笑顔のまま「どうも」と返してくれるが、その真意まではわからない。

「二日ぶりだな。あんた、いきなり帰るから心配してたんだぞ。ちゃんと家に帰れたのか」

「な、なんやねんな子供扱いして。家くらい自分一人で帰れるわ」

「いや、そういう意味じゃなくて……」

何か言いかけて、ふいに弓瀬は笑顔を引っ込めるとあたりを見回した。

すこし気まずそうな色を瞳に浮かべ、とんでもないことを言う。

「ここじゃ話しにくいな。あんた、少し時間とれないか？　茶につきあってほしいんだが」

「い、嫌やで。なんでお前なんかと、茶ぁしばかなあかんねん」

「茶をしばくって、実際耳にするの初めてだな。いいじゃないかちょっとくらい。近くに、込み入った話のしやすい喫茶店がある」

藤野辺の心臓は早鐘を打っている。

我ながら物言いがきつくなっているのはわかっていたが、うまくコントロールできない。弓瀬の顔をこんな間近で見つめているのも落ちつかないし、言外にあの夜のことをほのめかされるのも恐ろしいのに、いまから二人でお茶なんて。

なんや、やっぱり俺の正体に気づいたから、弾劾裁判でもするつもりか。

と、内心青くなりつつ、藤野辺はきびすを返そうとした。

逃げるが勝ち、と言わんばかりのその藤野辺の肩を、弓瀬が優しく摑んできた。

「おい、つれなくするなよ、寂しいだろ」

「さ、寂しいてお前。いい歳《とし》した大人の男が恥ずかしないんか」

「そういう藤野辺は、あんな使い込んでそうなこじゃれたボールペンをなくして、寂しくないのか？」

ぎくり、と体を強ばらせ、藤野辺はゆっくりと自分の肩を掴む男を振り返った。

さわやかな弓瀬の笑顔からは、嘲笑《ちょうしょう》や侮蔑《ぶべつ》といったものは読みとれないが、その瞳はいたずらっぽく輝いている。

有罪判決でも受けるような心地の藤野辺に、弓瀬は畳みかけてきた。

「ボールペン受け取りがてら、ちょっとお茶くらいつきあってくれてもいいじゃないか。まだ忙しいなら、お前の仕事があがるの待つからさ。な？」

「………………」

いつもなら、暴言なんて吐きたくなくても、いらない言葉がたんまり脳裏に浮かぶのに、このときばかりは藤野辺は何も言えずにうなずくしかなかった。


ガラス張りの喫茶店は、ランチタイムが過ぎたばかりのせいかほどよく空《す》いていて、あたりにひと気のない、内緒話にはちょうどいい席を陣取ることができた。

観葉植物の鮮やかな緑と、うららかな日差しに照らされるその空間で、藤野辺はメニューも開かずにコーヒーだけを注文する。弓瀬は何を注文しているか、なんて気にとめる余裕もない。

ボールペンの在《あ》り処《か》がはっきりしたことは朗報だ。

だが、それは同時に自分の正体がばれたに違いないという絶望の宣告でもあった。

内心どぎまぎしながら、必要以上に渋面を作った藤野辺は、注文を伝えた店員の姿が見えなくなってから口を開いた。

「ボールペン」

端的なその言葉に、弓瀬は目を見開いてから、しばらくして苦笑を浮かべた。

「そんなに警戒するなよ。ここで急に盛ったりしないからさ」

「昼日中に盛るとか言うもんやない」

「ほぉ。あんないかがわしいパーティーに参加するくせに、お堅いこと言うじゃないか」

「俺があのパーティー楽しんでるように見えたんやったら、眼医者行ってこい」

「ははは」

つっけんどんな藤野辺の言葉選びに、弓瀬は朗らかな笑みを見せると背広の内ポケットに手を伸ばした。その陰から現れる、二日ぶりに見る大事なボールペンの姿。

弓瀬との数少ない思い出のボールペンを、弓瀬本人が手にしている。

なんとも不思議な光景だ。

「たかがボールペンとは思ったけど、ずいぶん使い込んでるみたいだったから、大事なものかと思って気になってたんだ。今日会えてよかったよ」

くるくると、大きな手の中で藤野辺のボールペンを回しながら弓瀬は意味ありげにこちらを見つめてきた。

「ほら、こういうきっかけでもないと、藤野辺検事は俺とのことをなかったことにしそうな感じだし」

「さっきからなんや、ぐだぐだと。言いたいことあるんやったらはっきり言え」

好きに笑え。気持ち悪いならそう言え。

そんな自棄《やけ》を起こした藤野辺が無造作に手を差し出すと、弓瀬は何かを探るように目を細めた。

「じゃあ、はっきり言おう。あのホテルでは聞き損ねたけど、あんたゲイなのか、藤野辺検事？」

「せや。先に言っておくが、職場にばらしたらお前も地獄に道連れやで」

「そ、それが司法に携わる人間の言うことか！　まったく、法廷でも十分口が悪いけど、プライベートだと磨きがかかってるな。安心しろ、俺も誰にもばれたくないから、是非とも黙っていてくださいとお願いしたいところだったからさ」

一瞬うろたえたものの、弓瀬はすぐに悪戯っぽい笑みを浮かべると、頰杖《ほおづえ》をついて藤野辺の顔を覗きこんできた。

まだ、ボールペンを返してくれるそぶりはない。

「あのホテルであんたと鉢合わせたときは、俺の弁護士人生も終わりかと冷や冷やしたけど、まさかあんたとこうして秘密を共有することになるとは、世の中わからないもんだな」

「冷や冷や？　成人してるかも怪しい若い男にでれでれしてたことにか」

「お、脅すなよ。相手が成人かどうかくらい……一応、確かめてるぞ？」

「ほーう……。まあええけど、年下が好みなんか？」

何気ない問いかけに返ってきた弓瀬の返事は、思いがけないものだった。

「一緒にいて楽しければこだわらないな。お前みたいな年上と、大人の時間を過ごすのも好きだぜ」

「は？」

ボールペンを落として以来、悶々と体中を駆け巡っていた恐怖や後悔が、我に返ったようにその勢いをひそめていく。

自然とこみ上げてきた安堵を疑問に変えて、藤野辺はゆっくりと問い返した。

「俺が年上？」

「……まさか、年下だとか主張しないよな」

「……同い年やで」

もしかして「安達」だった藤野辺だと、ばれていない？

当然のように年上だと思われていたショックよりも、その喜びのほうが大きくて思わず藤野辺は弓瀬の手からボールペンを引っ手繰っていた。

「あ、おい！」

「もーなんや、心配して損したわ！　何はともあれ、ボールペンの件は助かった。わざわざ届けてくれて感謝するで」

やにわに機嫌がよくなった藤野辺を、弓瀬があっけにとられて見つめている。

しかし、藤野辺はようやく戻ってきたボールペンに夢中だ。

粗末な革に包まれた細いボールペンは、弓瀬も気づいたようによく使い込まれ、持ち手の部分は艶《つや》やかに輝き、革の継ぎ目がところどころ割れてめくれている。

ロサンゼルスを表す「ＬＡ」の刻印は、長年藤野辺が握りこんでいた圧迫で消えかかっていた。

小学生時代、夏休みのホームステイ企画でアメリカに行った弓瀬が、帰国してからクラス全員にくれた他愛ないお土産物だ。

考えてみれば、弓瀬がそんなボールペンのことを覚えていなくても不思議はない。他国での生活という新鮮な経験に、義理の土産を選んだ記憶など微々たるもの。十数年経《た》った今では相当印象深い思い出しか残っていないだろう。

ほんの数分前までの暗澹《あんたん》たる心地から一転、眉間の皺を緩めた藤野辺は、ようやく運ばれてきたコーヒーを一口すすり安堵の息を漏らした。

「お、おい藤野辺検事。怒ってないのか?」

「へ? 何を?」

「いや、勝手に年上と思い込んでたから……。別に老けて見えるとかそういう意味じゃないんだぞ。ほら、えーとなんだ……」

「女やあるまいし十や二十、老けて見られたくらいで怒るかいな。それよりボールペンが無事返ってきて何よりや。お礼になんでも言うてや、ここ奢《おご》ったろか?」

藤野辺の手元にはブラックコーヒーがあるだけだが、弓瀬の目の前には大きなグラスにたっぷりアイスクリームの盛られたパフェが運ばれてくる。

つい、それを指さしながら気前のいいことを言ってしまったが、はっとなって藤野辺はその手を今度は自分の口にあてた。

「あ。あかん! 係争中に奢りは印象悪いな。すまん、今のナシや。また、してほしいことあったら考えといて」

最初こそ、藤野辺の豹変《ひょうへん》ぶりにあっけにとられていた弓瀬だったが、しばらくするとアイスクリームを掬《すく》いながら笑いだした。

「ははは。口は悪いし態度もでかいのに、けっこう真面目なんだな、あんた」

「お前は、真面目そうに見えてとっかえひっかえやねんな。色ボケしすぎとちゃうか」

「かくいう藤野辺検事の相手もどうかと思うぞ。あれは、彼氏なのか？」

「俺のことは呼び捨てでかまへん。それより、人の交友関係はほっといてくれ」

「いいじゃないか。せっかく法曹界で貴重な同志に会えたんだから、ちょっとぐらい話してくれても」


あっと言う間にアイスクリームの塊を一つ、胃の中に片付け、今度は山盛りのホイップクリームを舐めながら弓瀬が目を細める。

学生同士集まって与太話をしているわけでもあるまいに、何を馬鹿馬鹿しい。

そう思ったものの、坂江に迫られ困っているところを間近で見られていたことを思い出すと、なんだか弁解したい気分になってくる。


「彼氏とちゃう。前の赴任地の知り会いや。出張でこっち来ると言うから、どのみちこのあたりじゃ仲間もおらんし、息抜きにつきあってもらおうかと思っただけや」

「なんだ、てっきり妙な男に入れあげてて、ぞっこんなのかと思ってたよ。ま、せっかくの新しい赴任地だ、こっちにはもっといい男がいっぱいいるから、新しい出会いを楽しめばいいさ」

「とっかえひっかえさんは言うことが違うな。クソ忙しいのに、そこらに出会いが転がってたら苦労せえへんわ」

「あったじゃないか」

テーブル脇の砂糖壺《さとうつぼ》から、角砂糖をつまみ上げながら弓瀬がこともなげに言った。

「一昨日の、俺とお前。怒られるかと冷や冷やしたけど、思いがけず素敵なお返しいただけて、いい夜だったぞ」

「……」

計四つもの砂糖がコーヒーに投入される様と、弓瀬の、太陽の日差しの下とは思えぬ赤裸裸な言葉に藤野辺は眩暈《めまい》を覚えた。

とっかえひっかえの上に、なんといやらしい男だ。

幻滅したいのに、そういう弓瀬の態度にそこはかとない色気を感じ取ってしまうのが悔しい。

いや、しかし……と、藤野辺は不味《まず》いことに気づいた。

正体がばれたかも。と悩み続けたがために、後回しにしていた後悔が今さら胸に濃く沸き立ちはじめる。どこの馬鹿者が、出会いがしらの男の陰茎を公共の場所でしゃぶりだしたりするだろうか。

普段はそんな淫行は働かないと言えば、今度は「ならなぜ弓瀬相手ならしたのか」という話になってしまう。

となると……そこそこ遊んでいるのだと、勝手に解釈されていてもおかしくないし、そのほうが気が楽かもしれない。

「まあ、俺はあの街で知りあいが多いほうだから、遊び相手を見繕うときはいつでも相談してくれて大丈夫だぞ。俺に心当たりがなきゃ、俺の知りあいに聞くし」

「生々しい伝手《つて》やな……。もうええやん、俺がどこで遊ぼうとお前には関係あらへんし」

「そりゃそうなんだけど、こないだの男を見るに、あんた変なのばかり声かけそうで心配でさ。『待て』のできない男は最低だぞ」

それは確かに、とうなずきながら、藤野辺はくすぐったい気持ちになった。

どうやら、わざわざ喫茶店にまで引っ張り出して言いたいことは、その話だったらしい。心配してくれたのだと自惚《うぬぼ》れてもいいのだろうか。

「まあ、調子に乗りすぎるところはあるけど、根はええ奴やで。今日帰ると言うから、今朝のうちに会って話はつけてきた。今頃、腫《は》れた股間に冷えたビール缶でもあてながら新幹線の中や」

「な、何をしたんだお前……」

生クリームにむせながら尋ねられたが、藤野辺は答えなかった。

仕事でどんなにぶん殴ってやりたい犯罪者を見ても、その衝動を押し殺すのは当然だが、プライベートの痴話喧嘩くらい自由裁量だと思いたい。

「まったく恐ろしい検事様だな……そのうち新聞沙汰《ざた》になりそうだ」

ぶつぶつ小言をこぼしながら砂糖と乳脂肪分の塊を飲むように平らげていく弓瀬の口元を、

藤野辺はちらりと見た。

法廷では、被告人の権利を守るために、厳しく、そして優しい言葉を紡ぐ唇が、今藤野辺と他愛ない会話のために蠢《うごめ》いている。

大きな桃のかたまりがその唇の向こうに消えていくのを見ていると、つい懐かしいものを思い出してしまった。

小学校の給食。プリンやみたらし団子、フルーツポンチといった人気のデザート。たいていクラスで一つか二つはデザートが余るのだが、弓瀬は必ずその争奪戦に参加し、勝てば満面の笑みで平らげ、負ければ、同情した女子生徒がわけてくれたデザートに、これまた満面の笑みでかじりついていた。

片手でボールペンを転がしながら、藤野辺は気づけば懐かしい記憶を呟いていた。

「それにしても、そっちは相変わらず甘党やな。そろそろメタボの心配しいや」

「相変わらず?」

少し驚いたように、弓瀬がクリームの山から顔を上げた。

その黒い瞳に、疑問の色が浮かんでいることに気づき藤野辺も慌てて言いわけを探そうとしたのに、どこからともなく「カシャリ」という、ごくわずかだが神経に障る音が聞こえてきたせいで、藤野辺の思考は四方八方へ飛び散ってしまった。

何か上手《うま》い言い訳をしないと。そう思うのに、今の音はなんだったのか、と同時に考えるうちに不自然な沈黙が長く尾を引く。

いつのまにか、二人して見つめあうまま、何も言葉が浮かばない気まずい時間を打ち破ってくれたのは、ちょうどテーブルの脇を通り過ぎようとした見知らぬ客の存在だった。

「あれ、優道くんじゃないか」

しゃがれた中年男性の声に、弓瀬だけでなく藤野辺も弾《はじ》かれたように顔を上げる。

そこには、藤野辺の存在など気にも留めていない様子で、弓瀬だけを見下ろすスーツ姿の男がいた。

目の前で弓瀬が妙な笑みを浮かべて「やあ、奇遇ですね！」と応じる姿に藤野辺は少し驚いた。弓瀬の今の笑顔は、苦笑とも呼べないし、正木被告などに見せる、相手を安心させる笑顔でもない。誰にでも愛想のいい弓瀬にもいわゆる「営業スマイル」のような固い笑顔があるのかと、不思議な心地で藤野辺は二人の様子に見入ってしまった。

しかし、その新しい発見は、すぐに闖入者《ちんにゅうしゃ》のぶしつけな言葉のせいで不愉快なものへと変わっていく。

「優道くん、昼間から仕事もせずに、何食べてるんだい、いい歳して」

「あはは、すみません。甘党なもので」

「はぁ、先が思いやられるよ。君ねえ、弓瀬先生がお亡くなりになってもう一年だよ？　もっとしっかりしてくれないと」

「ご心配いただいてありがとうございます」

「できれば心配なんてかけないでもらいたいね」

男が誰だかは知らないが、昼日中にパフェを食べている、というだけで説教口調になったその態度が藤野辺には気に食わない。

話を聞くうちに、男はどうやら弓瀬の事務所の古い客だということはなんとなくわかったのだが、それにしてもお節介が過ぎる。

「優道くん、こういう仕事は威厳も大事なんだよ。もっと、今の顧客が頼りにしたい人間でいないと、この先きついんじゃないかい？」

ついには、そんな言葉が飛び出し、それにさえへらへらと笑顔で無難な返事を探さねばならない弓瀬の横顔をこれ以上見ていたくなくて、藤野辺は口を開いた。

「口挟ませてもらいますけど、弓瀬弁護士は頼りになる男ですから、いらん心配でしょう」

男だけでなく、弓瀬までもがぎょっとしたようにこちらを見たが、藤野辺は気にせずテーブルの脇にあったシュガーポットを手元に引き寄せると、その中から角砂糖をわざとらしくいくつも自分のコーヒーに落としながら続けた。

「こう見えて、けっこう頭の燃料に、糖分欲しい仕事なんですよ。弓瀬弁護士からアイスクリーム奪ったら、それこそ油の切れたゼンマイみたいなもんですわ」

「い、いきなりなんだ、君は……」

「失礼」

藤野辺は、すっかり甘ったるいコーヒーシロップと化してしまったそれを一口舐めると、無造作に名刺を取りだした。

立場や外面にうるさい男は、立場や外面に弱い。そのことを十分意識して、少し尊大な態度で名乗る。

「申し遅れました。地方検察庁の藤野辺と申します。ちょうど今、弓瀬弁護士にてこずらされてたところなんですわ。この人、いつもこんな強気なんですか？」

「え？　いや……私は、優道くんのお父上に世話になった身でね。優道くんの弁護士としての仕事はまだ……その……」

「ほう、そりゃうらやましいことですね。何か困ったことあっても、親子二代とも頼りになるんですから安心でしょう」

「……ま、まあ」

男の態度は押しつけがましいものだったが、強引さなら藤野辺のほうが筋金入りだ。

すっかり気圧された男は、何かごにょごにょと口の中で反論すると、弓瀬に紋切型の挨拶だけすませるとそそくさとその場を去っていってしまった。

弓瀬が相手のときは偉そうに反りかえっていたのに、今ではすっかり丸まった背中を見送りながら、藤野辺は鼻を鳴らして甘いコーヒーを飲み下す。

飲み慣れない甘いコーヒーは実に不味かったが、ふと顔をあげると弓瀬がじっと自分を見つめていて、どきりと胸が弾んだ。

「悪い。なんか助けられちまったな」

「助けてなんかおらん。話割り込まれた上に長いから、お帰り願っただけや」

「ははっ……」

笑おうとして、失敗した。

そんな空気を感じ取り、藤野辺は弓瀬をそっと見つめ返した。

さっきの男のことは気に入らないが、一つ、気になることはある……。

「弓瀬、聞きにくいんやけどその……」

「言い返さない俺をチキンだなんだと言うのはなしだぞ。お前と違って客商売なんだから、愚痴と説教のオンパレードでも笑顔で聞くのも仕事のうちだ」

「そっちやのうて……お父さんなんかあったんか？」

聞いてから、失敗したと藤野辺は唇を噛んだ。

ほかに何か聞き方があったろうに、どうしてこんな言葉選びしかできなかったのだろう。

ただでさえ失敗していた弓瀬の笑顔が消えた。藤野辺の記憶の中では常に余裕と自信に満ちていたのに、今の弓瀬からは、憂いを帯びた空気を感じる。

どこか寂しそうな表情に、藤野辺の脳裏にしおれたひまわりが浮かんだ。

「一年前、心筋梗塞でな。突然だったよ。うち、弁護士一家でさ、親父の事務所をそのまま継いだから、慣れない経営に四苦八苦だ」

「……すまん。ぶしつけなこと聞いてしもて」

たまらなくなって、藤野辺は自分のコーヒーに視線を落とした。

弓瀬にこんな顔をさせるくらいなら、さっきの説教親父のほうがきっと自分よりましなことを言っていたに違いない。

「おいおい、噂の三悪検事が、やめろよ似合わないぞ」

下手な笑顔で混ぜっ返され、藤野辺はそれ以上弓瀬の父のことについて聞くことができなくなった。

つまらないプライドで隠し事なんてせずに、すなおに元同級生だとばらしていれば、そのよしみでもっと話を聞けただろうが、今となってはもう遅い。

せめて、弓瀬を笑顔に戻してやろうと話題を探す。

「三悪なあ。そろそろ四悪になるかもしらへん」

「……男の趣味が悪い、で四悪？」

「………」

「そ、その視線は凶器だぞ藤野辺」

「やかましいわ。だいたいお前の男の趣味もどないやねん。ガキみたいな若い男にでれでれしとったやないか」

「年下に懐かれやすいだけだよ。っていうか、人の情事に苛々するくらいなら、いっそのこと俺が何人か紹介してやろうか？」

思わぬ藪蛇《やぶへび》にむっとなったが、珍しく藤野辺は出かかった悪態を飲み込んだ。

余計なお世話だが、寂しげな、迷子のような表情よりも、今のいたずらめいた笑顔のほうが弓瀬にはずっといい。

その笑顔のために、仕方がないから言わせておいてやろうと黙っていると、弓瀬はしなやかな指先で優雅に名刺ケースを取り出した。迷わず抜き出した名刺を目の前に差し出され、藤野辺はそれを手にとらずに弓瀬を見つめ返した。

「なんやのん？」

「俺の名刺」

「もう持ってるで。打ちあわせのとき、うちの事務官経由で渡してくれたやろ」

「そういう堅苦しいやつじゃなくて、プライベートカードだよ」

おずおずと名刺を受け取ると、たしかに白い紙片には弁護士業の堅苦しさとはかけ離れた、繊細なアルファベットが並んでいた。

表面は、英字の名前と、メールアドレスがあるだけ。しかし、何気なく裏返すと、反対面にも何か書き込まれていた。

地図だ。それと、またアルファベットの羅列と、電話番号、それに一言メッセージが書けるようにか、二行だけの罫線。

「その花の模様可愛いだろ。名刺作成ソフトに入ってたんだ」

「そ、そうなんか……？」

だからなんだ、という疑問を瞳にこめて、藤野辺は機嫌の良さそうな弓瀬を見つめ返した。

三十を間近に控えた男同士でやりとりするには似合わぬ名刺から醸し出されるフレンドリーさに、何か嫌な予感を覚えたのだ。

「その裏に書いてる地図、俺の行きつけのゲイバーなんだよ。あんた、こっちに赴任してまだ日が浅いだろう？　もし遊び場所に困っているなら、一度来るといい」

「……プライベートの名刺に、行きつけのゲイバーなんぞ印刷しとるんか？」

「ああ。ほとんど我が家のごとく入り浸りでさ。名刺を渡しておけば、俺に会いたくなればその店に行けばいいかってなる。さすがの俺も、ゲイ友専用の電話番号作るほど暇じゃないから、何か出会いのきっかけにいい方法はないかなと思ってさ」

お手製名刺を何枚刷《す》ったかは知らないが、いったい何人の男が弓瀬とゲイバーで過ごすきっかけをつかんでいるのかと思うと頭が痛くなった。

あの乱交パーティーの夜もショックだったが、すっかり弓瀬は遊び人に成長してしまったらしい。

親父さん、草葉の陰で泣いてはるで。

とは、不謹慎すぎてさすがに言えなかったが、つい辛辣《しんらつ》な言葉が胸に湧き上がる。

「弓瀬、お前な、ゲイやと職場にばれたくない人間が、こんなもん方々で配ってどないするねん。頭のネジ腐ってるんちゃうか」

「だから、プライベート用のアドレスと、勝手知ったる馴染みの店しか連絡方法載せてないんだよ。仕事も大事だが、困っている人のために堅苦しい法廷で、口も態度も目つきも悪い怖い検事様と戦っているんだから、深い癒しが必要なのさ」

「あほか！　そんなこと言うたら、お前みたいに犯罪者庇《かば》いにかかる弁護士連中と日夜過ごしとる俺のほうが、よっぽど癒しが必要や！」

「ははは、なら決定だな。暇を見つけて、絶対来いよ。無理に絡んでくる奴もいないし、社交場としてはなかなかおすすめだ。お前の癒しのためにいい男を両手の指に余るほど探しておいてやるよ」

わなわなと唇を震わせる藤野辺の反論を待たず、弓瀬はパフェの最後の一口を飲み下すと、スプーンをテーブルに置いて立ち上がる。

流れるような仕草で伝票を手にとると「それじゃ、また夜の街で会える日を楽しみにしてる」なんて言葉を、いったい今まで何人に吐いてきたのだと言いたくなるような慣れた様子で発した弓瀬は、さっさとレジへと向かってしまう。

慌てて藤野辺も立ち上がると、弓瀬の背中を追った。

もらったばかりのプライベートの名刺はしっかり手にしたまま、藤野辺の頭の中は思い出にある清らかな弓瀬と、とっかえひっかえ野郎として成長した目の前の弓瀬とのギャップを埋める作業の過酷さにパンクしかけだ。

あんなに憧れた男だが、この遊び人ぶりには一言文句を言ってやらねば。と理性ばかりは勇ましいのだが……。

「弓瀬、あかん、割り勘！」

今さら、お前みたいに尻は軽くない、なんて図々しいことも言えず、藤野辺にできた精いっぱいの主張は、それだけだった。


三十年近い人生の中で、弓瀬との思い出などほんの一瞬しかない。

しかし、笑顔で自分の荷物を持ってきてくれたあの記憶には、いつももう一つの思い出が色濃く寄り添っている。

藤野辺が、弓瀬に憧れ法曹界を目指したように、弓瀬もまた、夢を語るときいつもある男の背中を目指していた。

『父さんみたいな弁護士になる』

と、弓瀬がいつも瞳を輝かせていたその父、弓瀬大道《だいどう》のことを、藤野辺は今でもよく覚えている。

といっても、その姿形はおぼろげで、藤野辺が直接言葉を交わしたわけではないのだが。

小学生当時、藤野辺にとって学校は「馬鹿が集まる嫌な場所」だったが、同時に家庭も心落ちつく場所ではなかった。

あまり仲の良くなかった父母は、その関係に険悪さを増していたし、父がいない時間も母とその姑《しゅうと》のあいだに争いが起こる。子供心に「離婚すればいいのに」と簡単に考えていたが、そもそも母はそのことに思い至るほどの余裕はなかったらしい。

弓瀬に憧れるようになり、少しずつ藤野辺が生まれ変わろうとあがいていたある日、町内会の集まりに弓瀬の父が顔を出していた。

堅苦しそうな仕事のイメージに似合わぬ豪放磊落《ごうほうらいらく》な性格の弓瀬の父は、子煩悩なのか、案外暇だったのか、町内会の活動にも学校の行事にもしょっちゅう顔を出していた。そんな彼がふと藤野辺の家庭の問題を小耳に挟んだらしく、藤野辺の母に声をかけてきたのだ。

今度、知りあいの法律関係者と一緒に、役所で家庭問題のセミナーをするから、気晴らしに参加してくれないか、と。

そのささいなきっかけは、家庭をうまくまとめねば、と頑《かたく》なになっていた母の理想や固定観念にいい意味でヒビを入れてくれたらしい。

結果的に、弓瀬の父に仕事を依頼せねばならないほどの問題にはならなかったが、同じ町内のよしみで何かと気にかけてくれたことを、母は今でもありがたそうに語り草にしている。

父母の離婚後、母方の親戚を頼って関西方面へ引っ越ししてからも、かたときも忘れなかった弓瀬への憧憬《しょうけい》。その、追いかける背中のさらに向こうには、弓瀬が追う彼の父の背中があるのだろうと当然のようにイメージしていたせいか、藤野辺は弓瀬の追っていた背中の主がもうこの世にいないという事実に、少なからずショックを受けていた。

脳裏に浮かぶ、子供時代の弓瀬の顔が、あどけない笑顔で父親自慢をしている。

友達に「そういうの、ふぁざこんっていうんだぞ」とからかわれてさえいた弓瀬の父が、もうどこにもいない。

悲しい、と思うほどの現実味を帯びていないその情報は、ただ陰鬱と藤野辺の胸に重たく沈んでいる。

「おや、戻られてたんですか藤野辺さん。メモ、ごらんになりました？　県警の内田《うちだ》さんが夕べの件で……って、どうしたんですか藤野辺さん、そんな犯罪者みたいな顔をして」

「どんな顔ですか失礼な！　ちょっと考えごとしてただけです」

空虚な感傷を吹き飛ばすような、柔らかな声音が検事室に響き、藤野辺は思わず睨み顔で部屋に入ってきた主を見た。

検察官には、その補佐ともいうべき検察事務官という職員がいる。事務官の種類も様々だが、検事一人に部屋一つ、そして大量の事務処理を補佐してくれる事務官がつくのがあたり前で、まだ組んで半年ほどの三枝《さえぐさ》は、すでに藤野辺にはなくてはならない右腕だ。

検事の仕事は膨大だ。日々起こる事件の対応、被疑者を起訴するか否かの判断、裁判に関する実務に、あらゆる法手続き。証言確認などのため、事件の捜査をすることも珍しくなく、雪崩《なだれ》のように容赦なく増え続ける仕事に埋もれる中、有能な事務官がいなければ先日のように呑気に夜の街に遊びにいく暇などなかっただろう。

世間の犯罪行為とはいっさい無縁です、とでも言いたげな穏やかな風貌の三枝は、着任早早三悪などと呼ばれた藤野辺の相手を器用にこなしてくれている。

デスクに積み上げられていた書類に、さらに新たな書類を積み上げると、三枝はパソコンで何かチェックをしながらこちらに顔も向けずに話しかけてきた。

「北海道からの追加の証拠品、今日発送したそうですよ。一覧のデータだけ先に届いてるので、印刷しておきましょうか」

「お願いします。証拠品といえば、例の正木のほうのレシート、どないなりました?」

「ん?」

疑問符を瞳に浮かべ、しばらく黙っていた三枝だったが、ようやく何の話か思い出したように手近なファイルをひっくり返しはじめた。

毎日大量の事件に埋もれている中で、正木のそれは目立たないほうだ。世間的にも、そして事務処理的にも。

しかし、頼んでいた仕事そのものを忘れていたわけではないらしく、三枝はすぐに目当てのファイルを発掘すると笑みを浮かべた。

「次の審理が終われば、すぐにこっちに回してくれるそうです。向こうはよっぽど順調に進んでるみたいで、証拠品は使わないだろうけどっておっしゃってましたよ」

「よっしゃ。そりゃありがたい。それにしても、主犯のほうはえらいスピード判決になりそうやな」

「藤野辺さん、見に行かれてるんですか?」

三枝の問いかけにうなずき返しながら、藤野辺は眉間に皺を寄せた。

奇跡的にも弓瀬と対決することができた正木の事件は、刑事事件だけあって決して気分のいい事件ではない。

ちょうど、手元に正木の事件のファイルが置かれているが、開かなくても中身は容易に思い出せる。

今年の夏、正木は小塚亮《こづかりょう》という友人と飲みに出かけていた。

競馬に勝った小塚は夜通し遊び倒し、泥酔状態。その帰路、小用のため河川敷に立ち寄り、その先で見かけたホームレスに「待てよおっさん」「何見てるんだよ」などと言いがかりをつけ、反論されたことに腹を立て暴行した。

小塚による二十分にわたる暴行ののち、被害者は死亡。

問題は、そのあいだ正木が何をしていたか、だ。

正木は、小塚の暴挙を止めなかった。それどころか、二十分間のあいだ、逃げれば小塚に恨まれるだろうし、ずっと見ているのは怖いし、という理由で、殴られる被害者に背をむけ、じっと立って小塚の気がすむのを待っていたらしい。

その後、正木は被害者に声をかけたり、体を揺すってみて、危険な状態だと気づいていた。にもかかわらず、通報なんてして、それが小塚にばれれば自分も殴られるかもしれない、という理由で警察への通報はおろか、救急車も呼ばなかった。

結局数時間後、「あのホームレスはどうなったんだろうか」と不安になって事件現場に戻ったところ、すでに事件はほかの者に通報されており、周辺を封鎖していた警察官に職務質問された結果、そのまま逮捕されることとなった。

主犯である小塚は、すでに別の検事のもとで裁判が始まっており、本人が犯行を全面的に認めているため、今月中にも結審……つまり判決がくだされそうな勢いである。

自分の担当する事件概要を具体的に理解するためにも、なるべく関係各人の裁判も覗くようにしているが、先日見た小塚の公判はひどいものだった。

罪を認めているといえば聞こえはいいが、反省しているそぶりは一つもない。

同様に、藤野辺には正木もまた、反省しているようにはとても見えなかった。

明らかに死に瀕《ひん》している被害者の保護責任を果たさず、救急車さえ呼ばなかった。その点で正木は起訴されているのだが、未だに彼が気にしているのは世間体であり、そして小塚の顔色のように思えるのだ。

「小塚のほうの裁判見てて、どうですか藤野辺さん？　正木さんが、いちいち小塚さんに怯えるのも仕方ないだろうって気になってきました？」

二言目には「小塚が怖かったので」という正木の言い訳を、三枝もおぼえているのだろう。ファイルを閉じながら、いつもの柔和な笑みを苦笑に変えている。

苛立つ気持ちを抑えるように、藤野辺はメガネのブリッジを押し上げながら答えた。

「俺はその正木の神経のほうがよっぽど怖いですね」

「私はわからないでもないですけどね。ほら、口も態度も悪い人のそばにいると、自分も何かされるんじゃないかってびくびくしちゃうじゃないですか」

「口も態度も悪くて申し訳ありませんね。パワハラしてくる先輩相手に、お茶こぼすフリしてそいつの股間だけびしょびしょにする三枝さんに怖いもんがあるとは思いませんでしたわ」

「あれはたまたま、偶然ですよ。五回たてつづけに同じ偶然が起こることもあるんです」

あまりつっついては、また自分のスラックスまで茶をこぼされそうだ。と判断して、藤野辺は押し黙ると正木の事件のファイルの上に、ちょうど確認を終えたばかりの別のファイルを重ねた。

どちらにせよ、次の正木の公判までに、新しい証拠品が用意できるだろうことは朗報だ。

小塚と同時期に裁判が行われているせいで、証拠や証言がいくつか共通しており、地味な手続きの前後に悩まされていたのだ。

「なんにせよ、次は、あのビビりに『怖かったので』なんて言い訳させずにすみそうですわ」

「ほかに大きな事件も抱えてるのに、やる気満々ですね藤野辺さん」

「あたり前やないですか。人一人見殺しにしといて、無罪にしてくれとか言い出す男、徹底的に戦ってやらな被害者が浮かばれんでしょ」

「だからって、裁判所で乱闘起こさないでくださいね」

「起こしませんよ！　まったく、三枝さんは俺をなんやと思うてはるんですか」

「ぶつかりあう拳《こぶし》と拳、ついにはフラストレーションがたまっていた裁判官も乱入して、いい見物になりそうですね」

「だから、しませんて！　まったく……だいたい、あちらさんの雇ってる弓瀬弁護士、見かけはチャラチャラしてますけどスポーツ万能ですよ。殴りあいなんか仕掛けて、逆にボコボコにされたらどないしてくれはるんですか」

「へえ、人は見かけによりませんねえ。いかにもナンパな雰囲気なのに運動神経もいいだなんて、私も一発だけ殴りたくなってきました」

朗らかに笑いながら物騒なことを言ったのち、ふいに三枝の瞳が疑問に揺れた。

それに気づかず「そうでしょう。一発くらい殴られるのも、イケメン税いうやつですよね」

などと言ってうなずいている藤野辺に、三枝から鋭い一撃が放たれる。

「藤野辺さん、弓瀬さんとお知りあいなんですか？」

「どないしはったんです？」

「スポーツ万能だなんてよくご存じですね。プライベートでご一緒してるんですか？」

「……い、いや。ほら、目立つ男ですし、たまたま小耳に挟んだだけです」

自然とこぼれた言い訳に自分でもうろたえながら、折りよく着信メロディを響かせたファックスのために藤野辺は立ち上がった。

昔のことは知られたくない。と弓瀬に嘘をついたせいか、ついはずみで、関係のない三枝にまでその嘘を塗り重ねてしまう。

なるほど、これが嘘の上塗りをしていく犯罪者の心理か……と体感しながら、藤野辺は他愛ない事務連絡が印字されたファックス用紙を取り上げる。

と、その背中に三枝の声がかかった。

「あ、藤野辺さん何か落とされましたよ」

ボールペンといい、最近何かとよく落とすな。

と思いながら振り返ると、親切なことに三枝も立ち上がり、お互いのデスクのあいだにひらりと落ちた一枚の紙切れを拾おうとするところだった。

そういえば、デスクの端に名刺を置いたままだった。立ち上がった風圧で落ちたのだろう。そのことに気づくと同時に、はっとして藤野辺は三枝が今まさに拾い上げようとした名刺をひったくった。

「わっ、なんですか。ひったくるほどやましいものを職場に持ち込まないでくださいよ」

「あきません三枝さん、こんな遊び人の名刺触ったら、女運下がります！」

「女運がっ？　それは恐ろしいですね……」

取り戻した名刺を睨みつけ、藤野辺は自席に戻る。

先ほど、喫茶店で弓瀬からもらった名刺だ。

さぞかし大勢の男にこの名刺を配っているのだろうと想像すると気に入らないのに、弓瀬のプライベートメールのアドレスを手に入れたと思うとそれはそれで少し嬉しくて、ついいつまでも目の届く場所に置いたままにしていた。

ぺしぺし、と指先で名刺を叩きつける藤野辺を、不審げに見つめながら三枝が口を開く。

「どうしたんです、その遊び人とやらの名刺は」

「ふん。とっかえひっかえするモテモテ男の置き土産です。ええ歳して節操なしやなんてみっともない」

「その遊び人さん、独り身なんですか？」

「そうです。せっかく人が尊敬しとったのに、とんだ糸の切れた凧《たこ》ですよ」

「別にいいじゃないですか、独身なら」

「………」

反論が浮かばず、藤野辺は顔を上げた。

不思議そうな三枝の瞳がまっすぐにこちらを見ている。

「いくつになってもモテるというのはなかなか大変ですよ。とっかえひっかえの中から運命の人を探しているのかもしれませんし。うらやましい限りですねえ」

「そ、そうやろか……？」

「藤野辺さんこそどうなんですか？　けっこう独身長いですよね。ちゃんとした恋人がいないあいだは、誰とも遊ばないほうなんですか？」

いや、遊ぶ。

と言ってしまうと語弊があるが、少なくとも坂江のように、お互い恋愛関係ではないが、友人というには深い関係を持つ相手はいた。

そこに、貞操観念があるのかと問われれば、また反論に困るのも事実だ。

黙っていると、三枝がしみじみと続けた。

「私もしばらくフリーですけど、そのうちいい人を探そうなんて思ってると、一年二年って、すぐに過ぎちゃうんですよねえ。そのあいだ清い身で居続けてたら、あっと言う間に誰とも触れあえないままおじいさんになっちゃいそうで戦々恐々としますよ」

「え、三枝さん、見かけによらず遊びはるんですか……」

「いえ。割り切って遊ぶのは勇気がいることですからね。なかなかチャレンジできません」

「ですよね！」

「ええ。なので、私からすればその名刺の方も、私の質問に即答できなかった藤野辺さんも、じゅうぶん同じ遊び人ですよ。憧れますね、節操なし」

「…………」

三枝の笑顔が眩しい。

気圧されるように目をそらしながら、藤野辺は手元の名刺を見つめた。

裏に書かれた地図にあるバーに、しょっちゅう入り浸っていると弓瀬は言っていたが、最寄り駅の名称から見るに、先日乱交パーティーのあったホテルのすぐ近くのようだ。

どれだけあんな場所に入り浸って、どれだけこんな名刺を配っているのだろうか。

悶々とするのに、三枝から見れば弓瀬も藤野辺も変わりはないらしい。

「さては、自分よりモテる男への嫉妬ですか、藤野辺さん」

「は、ははは……」

嫉妬だ。

自分よりモテるかどうかはどうでもいい。しかし、こんな紙切れ一枚に、弓瀬の陰に大勢の男の匂いを感じ取ってしまい苛立っているのは事実だった。

名刺ケースに弓瀬の名刺をしまいながら、つい溜息がこぼれる。

「大丈夫ですよ藤野辺さん。藤野辺さんにもきっと、あと三回くらいモテ期ありますよ」

「人生のモテ期は三回やった気がするんですけど……なんで、俺が今まで一度もモテたことないかのようなこと言いはるんですか」

「おモテになったことあるんですか……？」

「む……」

藤野辺は眉間のしわを撫でた。

所詮《しょせん》、どんなに生まれ変わっても人間の根っこは変わらない。

今でこそ言いたい放題、胸を張って生きている藤野辺の中には、まだ自分に自信のない卑屈な性根の欠片が隠れている。

モテるかどうかなんて自覚したことはないし、モテたいと思うこと自体恥ずかしいのだ。だから、坂江のような気心の知れた相手と関係を持てると、何もかも信用してしまうし、ささいなことに期待もする。

そんな単純な自分だから、昔から憧れていた弓瀬がゲイで、しかもまた昔のように助けてもらえたことに舞い上がってしまっただけだ。

それを、まだ初恋を続けてるような気分になって嫉妬を覚えているだなんて、みっともない。自分にそう言い聞かせ、藤野辺は名刺ケースの蓋《ふた》を閉じた。

何も言わずに名刺をしまう藤野辺の姿に思うところがあったのか、三枝が気遣わしげに言った。

「大丈夫ですよ藤野辺さん。藤野辺さんの容姿と職業なら、口を開きさえしなければモテモテまちがいなしですから！」

「三枝さん、ちょっと一緒にトイレ行きましょか……」

口を開かなければモテるだろうなんて、三枝にだけは言われたくないなと思いながら、藤野辺は今日弓瀬と会ったことを忘れるかのような勢いで仕事に没頭したのだった。

それからしばらくのあいだ、藤野辺の日常は多忙なばかりで、特別弓瀬の名刺や、プライベートのことを考える暇のないまま時間は過ぎていった。

最初こそ、誰が弓瀬の入り浸ってるゲイバーになんか行くか。と根拠のない意地を張りつつ名刺を見つめることもあったが、連日仕事に追われ終電帰宅を繰り返す日々の中、弓瀬と茶を飲んだことさえ夢か何かだったように思えてきた。

あの、乱交パーティーのあった街や弓瀬のことをまたぞろ意識するはめになったのは、ある日届いた一通の郵便物のせいだ。

出先から戻ってくると検事室には誰もおらず、藤野辺の机の上では「本日分の郵便物です」とメモ書きされた付箋が空調に揺れていた。その下に、確かに数通の封筒。

早速一通ずつ開封しはじめたとき、ふとリターンアドレスのない封筒を見つけ、藤野辺は首をひねった。

なんの変哲もない長形三号封筒にペーパーナイフを差し込み、一気に封をあけると、中からでてきたのは写真が一枚きり。

その写真の内容に、藤野辺はぎょっとして、意味もなくあたりを見回す。

写真には、男が二人、喫茶店で同じテーブルを囲んでいる他愛ない光景があった。片方の手元にはコーヒーが一つ。もう一人の男の手元にはコーヒーと大きなパフェ。

見間違えようがない。先週喫茶店で向かいあっていた、藤野辺と弓瀬の姿だ。

思いがけない写真に、今もなお誰かに見られているような気がして急に落ちつかなくなる。

封筒の中を確認するが、中に入っていたのはその写真だけで、どこを探しても、送り主のメッセージらしきものは見あたらない。

それがなおさら不穏で、藤野辺はじっと写真を見つめた。

この写真に音声がついていれば、性的指向の話もしていただけに困るところだが、写真だけではなんら問題のある光景ではない。

映り込んだ観葉植物の影から見るに、声が届くほどの近さから撮ったものではなさそうで、冷静に見れば見るほど、写真の意図がわからなくなる。

「誰やねん、こそこそと気持ちの悪い」

一人ごちながら、藤野辺はデスク脇の電話に手を伸ばした。

同じ写真が、弓瀬のもとにも送りつけられているかどうか確認したほうがいいだろう。と思ったのだが、受話機を手に、弁護士の名刺をめいっぱい詰め込んだファイルを開いたところで、はたと別の事実に気づく。

もしかして、これは自分から弓瀬に会いに行く口実になるのではないだろうか……。

「いや別に、すごい会いたいわけではないんやけど」

誰にともなく言い訳しながらも、藤野辺は受話器を静かに置き、名刺ファイルから弓瀬の弁護士としての名刺を取り出した。

弓瀬が誘ってくれたように、すなおにゲイバーに行けば彼に会えたのだろう。だが、それだとまるで男を紹介してやるという言葉を真に受けたようで恥ずかしい。

しかし、この写真の件なら、堂々と仕事の用事として弁護士事務所まで弓瀬に会いにいけるのだ。

ついでに、弓瀬が仕事をしている姿をちらりとでも見ることができれば、いい心の栄養になるに違いない。

得体の知れない写真は気持ちが悪いが、いい口実になってくれたことに少しばかり感謝しながら、藤野辺は早速コートを手にしたのだった。


検察庁から地下鉄で二駅。

オフィス街の一角に建つ古いビルは外観こそ古めかしいが、最近改装したのか共用部分は綺麗なもので、フロア案内のステンレスパネルは、ビルに差し込む西日で金色に輝いていた。ビルにはいくつか弁護士事務所が入っているようだが、弓瀬法律相談事務所、の文字は四階の欄にある。

よほど急いでいるときでなければ、五階までは階段を使う。と、瘦《や》せるための努力に余念のなかった中学時代からの習慣で、藤野辺は非常階段を駆け上がった。

目的階の踊り場に到着し、呼吸を整えていると、廊下のほうから声が聞こえてくる。

弓瀬の声ではないか。そう気づき、藤野辺はこめかみに浮いた汗をぬぐいながらそっと顔だけ廊下に突き出した。

覗いた先に見えたのは、L字型のフロアの、ちょうど曲がり角の壁面にはめこまれた大きな窓越しの光景だった。

窓の向こうにエレベーターがあり、案の定弓瀬が、誰かを見送っているのかにこやかに話をしている。

「また、お気軽にお越しくださいね。人生の一大事なんですから、何度も相談したくなるのはあたり前のことです。遠慮なさらないで」

「すみません、弓瀬先生。本当にお世話になりっぱなしで」

偶然にも、弓瀬が応対している相手は正木と、その家族だった。

何度も顔をあわせているが、あの、重みで首からぽとりと頭が落ちてしまいそうなほどうつむいた正木のシルエットは、法廷や検察庁といった威圧感のある場所にいなくても変わらないらしい。

なんの相談に来ていたのかは知らないが、にこやかに応じる弓瀬に礼を言っているのは正木の両親だけだ。窓越しでは細かな表情まではわからないが、正木はなおもうつむいたまま、ここまで聞こえてくる限りでは、礼の言葉も挨拶の声もない。

裁判所で、藤野辺を相手にもごもごと小声で応じているならまだしも、弓瀬は正木にとって親身に助けになってくれている相手だろうに、もう少しはきはきと謝意の一つも伝えられないのかと、藤野辺の眉間に皺が寄る。

一度、藤野辺は踊り場に戻った。

このまま立ち聞きしているのも決まりが悪いし、かといって弓瀬らの前に姿を現しても、正木とその家族に余計な不安を芽生えさせるだけだろう。

腕時計の針が半分回るのを待って再び廊下に出ると、ガラス窓の向こうは誰もいなくなっていた。

ちょうど、階段のあるエリアとは反対端にあるらしい弓瀬法律相談事務所に向かうと、くもりガラスの扉が姿を現した。

改めて弓瀬の事務所を前にすると、少し緊張を覚える。

何を悩むこともない。いい口実があるのだから堂々と入室すればいいだけだ。

しかし、普段は思いださないですんでいる、弓瀬と乱交パーティーで出会った夜だの、喫茶店での会話などを、こんなときに限って思いだしてしまう。

あかん、恋する乙女か俺は。情けない。

自分にそんな悪態をついて、藤野辺は一つ頬を叩くと、思い切って事務所の扉を押し開けた。

「邪魔するで」

入室すると、衝立《ついたて》も何もなくすぐ目の前に事務所の光景が開けた。

壁一面の大窓から差し込む西日に照らされる事務所内は、誰もいないせいか少し物悲しい。

と、そこへ物音が立ったかと思うと、部屋の奥にある衝立の陰から、ひょいと目当ての人物が顔を見せた。

「な、なんだなんだ。誰かいるとは思ってたが、あんただったのか藤野辺！」

「なんや、気づいてたんか」

「まあ……非常階段に人影があれば、違和感あるだろう？　それにしても、わざわざ検事様が弁護士事務所までお越しだなんて、ちょっと怖いな。どうしたんだ？」

怖いな、と言いながらもいつもの人懐こい笑みを浮かべ、弓瀬は近づいてくると部屋の真ん中にあるソファーセットをすすめてくれた。

どうやら、衝立の向こうが相談室になっているようだ。

衝立の隙間からちらりと見えた、コーヒーカップが散らかったままの机に気をとられ、藤野辺は問題の封筒を取り出しながら別のことを尋ねた。

「なんや、まだ日も落ちる前から、誰もおらんのか」

「うちは少数精鋭なんだよ。ちょうど今主力は出払ってる。事務の子も、子供の送り迎えに行っちゃったからお茶は用意できないぞ」

「それはかまへんけど……」

そこまで言って、藤野辺はあとに続く言葉を飲み込んだ。

そこそこ広い事務所内にはそっけない事務机が六つ並び、そのうち一つは荷物置き場のような有様になっている。どこか閑散とした雰囲気の部屋の床には、デスクをいくつか撤去した跡がくっきりと残っていた。

弓瀬が所長になって一年のあいだに何があったのかはわからないが、少数精鋭というにはこの事務所は少し広すぎる気がする。

しかし、弓瀬の若さで、そこそこの規模の事務所を継ぐというのは、藤野辺にはわからない苦労や反発があったのだろう。その可能性を考えると、不用意なことを聞けなくなったのだ。

また、弓瀬から彼の父親の死を聞かされたときのような、寂しげな顔をされるのが少し怖くて、藤野辺は何も気づかなかったふりをして封筒の中身を取り出した。

「触ってええけど、あんまりべたべた指紋つけんといてや。今日、検察庁の俺宛てにこんなもんが届いた。差出人は不明、特別なメッセージも一切なし。お前のとこにも届いてないかと思うて、寄らせてもろたんや」

「…………」

写真を見るなり、むっと弓瀬の眉《まゆ》がしかめられた。

「いや……これ、普通の郵送で？　本当になんのメッセージも、電話もなかったのか？」

すぐに写真から顔をあげた弓瀬と、視線がかちあう。

お互い、職業病なのか探りあうような眼光になってしまった。藤野辺はいつもの癖で、先に目を逸《そ》らしたほうが負けのような気になり、じっとその瞳を見つめ返す。

「なんや、何かやましいことでもあるんか」

「藤野辺。こういうときは何か心当たりがあるのか、とか、そういう穏便な聞き方をしてくれ。やましくなくてもどきっとするから」

「さよか。ほな、何か心当たりでもあるんか？」

「うーん、これだけじゃなんとも言えないな。俺のところには届いていないが、郵送だったのなら、配達エリアの誤差かもしれないし……」

「お前と俺の写真、ということは正木の事件関係としか思われへんねんけどな」

現在、弓瀬と共通している仕事は、悲しいかな正木の件しかない。この先も、弓瀬がよほど刑事訴訟事件に熱心な弁護士というわけでもない限り、藤野辺は弓瀬と仕事の上での縁はないだろう。

そういった事情から、必然的にこの写真の原因は正木にあるとしか思えないのだ。

正木には、まだ警察聴取でも明かしていなかった問題を抱えているのではないか。そんな疑念を籠《こ》めて見つめると、弓瀬のほうから先に視線を逸らした。

「心当たりはある。だが、今は言えない」

「舐めとんのかお前は」

「え、得体のしれない写真送りつけられるより、お前のほうが怖いぞ！」

ぎょっとなった弓瀬が、微《かす》かにソファーから腰を浮かせるが、藤野辺はここぞとばかりに前のめりになって詰め寄った。

テーブルに両手をつき、追い詰めるように弓瀬に顔を寄せる。

「怖かったらなんやねん。お前がすなおに心当たりとやらを吐いたらええんや」

「す、すごい。今なら俺、金をせびられたり脅迫されてる人の気持ちに心から寄り添って仕事ができそう……」

「そら結構なこっちゃ。せいぜい仕事に励み。それで、こ・こ・ろ・あ・た・り・は？」

この距離なら、詰め寄るこちらの吐息の温度までわかるだろう。

しかし、ただ事務所に入るだけでも緊張していたのに、この距離になった藤野辺の心は静かなものだった。

正木の事件に関わることなら、藤野辺にとっても大事なことだ。何か揚げ足をとって正木を追いこんでやろう、とばかり考えているわけでもない。むしろ、係争中の検事にこんな意味深な写真を送ってくるような人間に心当たりがあるのなら、弓瀬も正木も誰かの悪心に困らされているかもしれないではないか。

こみ上げてくるのは純粋な心配だった。

といっても、はたから見ればサラリーマンに借金の返済を迫っている闇金業者のような雰囲気なのだが、本人はなかなか気づけないものだ。

最初こそ気圧されていた弓瀬の口元に、ふといたずらめいた笑みが浮かんだ。かと思うと、近かった顔がさらに近づいてくる。

あ、と思う間もなく、藤野辺のきゅっと引き結ばれた薄い唇に、弓瀬の柔らかな唇が触れた。

「うわっ！」

それがキスだと理解するよりも先に、藤野辺はのけぞるように後ずさり、その拍子にソファーに尻もちをついてしまった。

「な、何するんや！　あほ、ぼけ、たわけ！」

「いや、見れば見るほどガラス細工みたいな綺麗な顔だなあと思って。あんな暴言吐いてひび割れないのが不思議なくらい、外側だけは繊細だな」

「そ、な、もっ……あほ！」

拳で唇を押さえながら、藤野辺は耳まで赤くして、しかしろくな抗議を上げることができなかった。

唇に感触が残っている。弓瀬の吐息が頬を撫でた温《ぬく》もりも。

わけがわからない。いつもの悪態ばかり饒舌《じょうぜつ》な唇は戦慄《わなな》くばかりで何の役にも立たず、藤野辺は狼狽《ろうばい》を隠すことさえできなかった。

それなのに、弓瀬は触れるだけのキスなど事故でさえなかったかのように、話を続けた。

「まあ、信じてくれと言うのも都合のいい話だろうが、俺は本当に事件に関する大事な話なら、たとえ正木さんの不利になることでも言うよ。写真の件は心当たりがないこともないが、俺のほうでなんとか言い含めておくから、今はそっとしておいてやってくれないか？」

あっさりと思考回路を乱された悔しさに赤面しながら、藤野辺はごしごしと唇をこする。

「そ、それとキスが何の関係があるねん！」

「賄賂《わいろ》のつもりだったんだけど、苦かったか？」

「味なんぞ知らんわ！　だ、だいたい賄賂とはなんや、不良弁護士め！」

「無理な頼みをしてるのはわかってるからだよ、藤野辺。こっちの揉め事が解決したら、必ずその詳細を報告するからさ。駄目か？」

人の顔を綺麗だといったり、キスを賄賂だといったり。

真面目な話の最中にとんでもない言葉を織り交ぜながら、最後には首をかしげて甘えるような表情でおねだりをしてくる。

そんな弓瀬の仕草はいかにもずるい。こうやって、依頼人からセックスフレンドまで、その心の中に潜りこんでいくのだろうと思うと、その器用さに藤野辺は太刀打《たちう》ちできないような気になってきた。

頭を抱えて溜息を吐くと、弓瀬の笑い声がその頭上に降ってきた。どうやら立ち上がったようだ。

「ところで、そのツーショット写真、コピーさせてもらってもいいか？」

「頼むわ。何かあったら、ほんまに逐一連絡するんやで。ほんまにほんまやで」

「かの藤野辺検事におねだりされるなんて貴重な体験だろうから、必ず期待に応えるよ」

まだ納得できないものを抱きながらも、藤野辺はすなおに写真を渡した。それを手に立ち上がった弓瀬が、事務所の片隅のコピー機に向かうのを見て、藤野辺も立ち上がる。

手持ち無沙汰そうに弓瀬のあとをついていく藤野辺はいつもの澄まし顔だが、しかし思考回路は弓瀬の他愛ない一言に集中していた。

ツーショット。

なるほど言われてみれば、確かに例の写真はツーショットだ。

小学生時代、自分の見た目をからかわれていた影響からか写真嫌いで、遠足先でも運動会でも担任やPTAのカメラレンズから逃げ回った藤野辺は、小学校生活の写真がほとんど残っていない。

唯一弓瀬と共に写っているといえるだろう、卒業アルバムの集合写真は、見事にインフルエンザで欠席。

にこにこ笑う級友らの頭上で、曇り空に丸く浮かぶ追加画像はできれば二度と見返したくない陰鬱顔である。

それが、まさかわけのわからない不審者のおかげで、完璧なツーショット写真が手に入るとは……。

不審者、けっこうええ奴やないか。

そんな感動を胸に秘め、藤野辺はちらりちらりと弓瀬の手にある写真に視線をやる。

帰ったら、自分もパソコンにでも取り込んで大事に保管しておこう。

ガタガタと音をたてて、古いコピー機が動き出した。

しかし、弓瀬はまだ「紙がない」などといって機械周辺でごそごそと探し物をしている。

そんな姿を眺めながら、ちょうど背後にあった机に尻をもたせかけたとき、藤野辺は違和感に気づいてその机を見下ろした。

素っ気ない事務机が並ぶ弓瀬の事務所で、この机だけが浮いている。

見るからに高そうな、机上棚と一体型のデザインで、アンティーク調の彫り装飾にはうっすらと埃《ほこり》がたまっていた。

部屋の片隅。いつも日陰のような場所にぽつんと置かれた机の上は、文鎮と、なにも挟まっていないファイルが二冊置かれただけで、こちらにも産毛のような埃が空調に揺れている。

「なんや、これだけえらい立派な机やな」

「ああ……」

どうやら、写真用の光沢紙を探していたらしい弓瀬が顔を上げ、一瞬口ごもった。

「父さんの」

「……すまん」

「いや、気にしないでくれ。よく客にも聞かれるよ。あの人、成金趣味でさ、統一感とかなにも考えずに高くて有名なものなら、端からインテリア揃えてたから、事務所継いだときにほとんど処分したんだ」

「………」

「机も捨てようと思ったんだけど、腐るもんじゃないし、置いとけって所員に言われてさ。今じゃすっかり見慣れちゃったけど、改めて見るとやっぱり浮いてるなあ」

部屋の内装にはちぐはぐな机より、さらに深い違和感を弓瀬の口調から感じ取り、藤野辺は黙りこくった。

父さんみたいな弁護士になる。と目を輝かせていた子供時代の弓瀬の記憶が、脳裏からかすみのように消えていく。

「場所もええし、広い事務所やないか。やり手やったんやろうな」

探るようにそう言うと、弓瀬は苦笑を浮かべて肩をすくめた。

「確かに、金儲《かねもう》けはうまかったな」

「弓瀬?」

「大人げないこと言うけど、あんまり仲がよくなかったんだよ。俺はどうにも、父さんみたいな拝金主義の弁護士は好きになれない」

机にたまった埃が、自分の胸にも入り込んできたように、重苦しい気分になる。

コピー機に新しい紙をセットし、弓瀬が再びコピー開始のボタンを押した。

室内の重たい空気を揺さぶるように、また機械が唸《うな》り声を上げる。

「まあ、たしかにおまえは、困った人を助けるためなら、無給奉仕もいとわないとか言い出しそうなタイプやもんなあ」

「ははは、一生遊んで暮らせる金があるなら、そんなかっこいいこと言ってみたいけど、さすがに無給はきついなあ。お、綺麗に印刷できた……」

原本の写真を封筒にしまいながら、弓瀬は笑った。

返ってきた封筒を受け取る藤野辺に、弓瀬は立ったまま続けた。

「でもさ、金に余裕のない人のほうが多いし、それだけ困ってる人だってたくさんいる。成功報酬のでかい仕事しか受けない父さんのやり方じゃ、俺は俺が助けたい人を助けられないんだよ」

「助けたい人て……そういえば、おまえ刑事事件はあんまり扱わんらしいやないか。普段はどんな仕事してるんや」

「俺は雇用問題ならけっこう場数踏んでるぞ。初めて入った事務所が企業関係に強いとこだったから、今も中小企業とか個人事業主の顧客がけっこういるし。おっしゃるとおり刑事事件なんか滅多に扱わないから、久しぶりの検察官相手の裁判でけっこう毎回ドキドキだ」

「相手が俺でよかったやないか。三悪なんて噂立てられてる若造相手なら、まともな検事相手にするより勝てる可能性高いかもしれん、そんな夢が見れるやろ」

「夢でもいいからそんな大きな気分になりたいもんだよ。あんたはちょっと攻撃的すぎるから、正木さんすっかり萎縮しちまって大変なんだぜ」

「ふん。肝の小さい男や」

静かになったコピー機に寄りかかると、弓瀬がまじまじと藤野辺を見つめてきた。

正木の悪口を言われるのは嫌なのか、男らしい眉がかすかに顰《ひそ》められている。

「藤野辺、おまえはもう少し被告人を人間らしく扱ってやれないのか」

弓瀬の言葉が棘《とげ》となって、藤野辺の神経に刺さる。

耳障りな言葉に、藤野辺は負けじと眉を顰めた。

「そりゃ、どういう意味や」

「お前みたいに気の強い奴には、正木さんみたいな気の弱い人間の気持ちはわからないかもしれないけど、もう少し慮《おもんぱか》ってやってくれよ」

「なんじゃそりゃ。人一人殺されかけてるの目の前にして、怖くて通報でけへんことを『気が小さいんやから仕方あらへん、かわいそうに』って思ったれとでもいうんか」

仕事のときの、相手の反論の全てを叩き伏せようとする癖がこんなところで顔を見せる。

相手が不快になるだろう言葉を選んでいることに藤野辺自身気づいていたが、しかし止められない。

そして、止められないのは藤野辺だけではなかったらしい。

「おまえな、事件の主犯は、正木さんの電話番号も住所も知ってるんだぞ。もし通報なんかしたら、逆恨みされて自分も同じ目にあうかも。二十分も人を殴り続けられる男を目の当《ま》たりにしたら、そんな恐怖を覚えるのは人として仕方ないことだろう」

「それはこないだ法廷で聞いた。もう耳にタコや」

「こないだと今、計二回で耳にタコ？　口の悪さは悪名高いのに、耳のほうは繊細なんだな。それとも、ほかの公判でも同じことを聞かされ続けてるのか？」

「確かによう聞くわ。法廷の外に出てまで同じセリフ捏ね繰りまわす弁護士は初めてやけどな」

神経に刺さる棘が増えていく。

お互い、正木の事件に関する自分の主張をしているはずなのに、ひどく低レベルなことを言い争っているような気もする。

誰もいない弓瀬法律相談事務所は、いつのまにか夕日の眩しいきらめきなどどこにもなく、冷たく薄暗い夜の前兆に沈んでいた。

弓瀬の視線が揺れた。

藤野辺を見ているようであり、そうでもないような違和感。しかし、そんな違和感は続く弓瀬の言葉のせいで吹きとび、代わりにくすぶっていた藤野辺の怒りに火がついた。

「人を有罪にするのが仕事のあんたに、被告人の気持ちだなんだと語るだけ無駄なんだろうな」

「舐めとんのか、お前」

数分前と同じセリフは、しかし今度は鋭い冷たさを持っていた。

怒気をまとった言葉の勢いに、弓瀬もはたと口を閉じる。

一瞬、その瞳に何かしらの後悔の色が見えたことに気づいていたにもかかわらず、藤野辺は唸るように言い募った。

「さっきからなんやねん、拝金主義の弁護士は嫌やとか、人を有罪にするのが仕事やとか、お前のようにお優しくて崇高な志の奴以外は法曹界で生きる資格はないとでもいうんか」

「いや……」

「覚えとけ。俺の仕事は、犯罪にいかに正しく法を適用するかや。社会秩序のために、毎日毎日あほからたわけまで犯罪者と角突きあわせとんのや。お前みたいな、自分の好みの被告人とだけべたべたしときたい奴に何言われても痛くも痒くもあらへんわ」

言い終えないうちに、藤野辺はもう事務所の玄関に向かって足を踏み出していた。

出ていこうとするその背中を、弓瀬の声が追いかけてくることはなかった。

売り言葉に買い言葉だ。

思ってもいない言葉も平気で出てくることもある。言うべき信念を、間違った場面で主張してしまうこともある。

そうとわかっていても、藤野辺の中に燃え盛る怒りの炎は事務所ビルをでてからも消えてくれそうにない。

すっかり日の落ちた街は、仕事を終えた人々が雑踏を作り、その人混《ひとご》みにさえ八つ当たり気味に苛立ちを募らせながら藤野辺は来た道を戻る。

検察官になってから、いくつもの裁判を担当した。

しかし、たとえ相手が正木のような男でなく、もっと凄惨《せいさん》で身勝手な被告人だったとしても、その人間を有罪にできたからと言って喜んだことなど一度もない。

日々犯罪者と向きあい、心が腐りそうになることなど何度もある。この腐った気持ちのまま、私情を交えた重たい刑が科されることを望んではいないだろうか。その不安と、いつだって向きあっているつもりだ。

それを、被告人に同情的ではないからといって、有罪にするのが仕事だから人の気持ちがわからないなんて言われてはたまらない。

ようやく地下鉄にたどり着き、ホームに立つ。もとより弁護士事務所の多い土地柄か、ホームの広告も弁護士事務所のものばかりだ。

今はそれさえも腹立たしく、名前も知らない弁護士事務所の広告を睨みつけていると、しばらくして電車が到着した。

ホームにすべりこんだ電車の窓に、地下の蛍光灯の照り返しのせいか、中の様子ではなく鏡のように自分の顔が映り込む。

その、車内の陰影とごちゃ混ぜになったような自分の姿に、はっとなった。ひどい顔だ。これ以上ないほど眉を顰め、歯ぎしりのせいかこめかみの血管がかすかに浮いている。足早に人混みを通り抜けてきたせいか、いつもはぴったり撫でつけた髪もぼさぼさになっていた。

急に恥ずかしくなって、藤野辺は髪を撫でつけながらうつむいて電車に乗り込んだ。

帰宅ラッシュの混雑の中、官庁街に向かう車内はがら空きで、人目が少ないことに安堵しながら藤野辺は着席する。

確かに弓瀬の言葉に腹は立ったが、だからといってこの怒りを思い知らせてやろうといわんばかりのことを言い返してしまったのはなぜだろう。

自分のみっともない姿に気づくと、急にそんな後悔が押し寄せ、藤野辺は内ポケットから愛用のボールペンを取り出した。

不審者からの得体のしれない封書に深刻になるよりも、浮かれて弓瀬の元を訪れたりしたからバチがあたったのだ。

自分は何を期待していたのだろうか。

少し、弓瀬と話をしたかっただけなのか。だとしたら大失敗だ。

ボールペンを指先でゆっくり回しながら考えた。

そういえば、弓瀬と言いあっているときに覚えたあの違和感はなんだったのか。言い過ぎている自覚は、藤野辺にもあったが弓瀬にもあったはずだ。

ときおり揺れる弓瀬の瞳が、藤野辺の背後に注がれていたことを思いだした。

藤野辺の背後には弓瀬の父のデスクがあった。

薄く埃の積もったアンティーク。

もしかして、藤野辺の言葉に煽られていたのではなく、父の机が視界にあるからなおのこと、弓瀬はいつもなら言わないようなことまで言ったのではないか。

まるでファザコン、とからかわれた時代などなかったかのように、父への嫌悪を露《あら》わにしていた弓瀬の表情を思いだし、藤野辺の手元で揺れていたボールペンがぴたりと止まった。

そうだ、藤野辺が最初に引っかかったのも、弓瀬が父親にいい感情を抱いていないようだと気づいたときからだ。

「……あほらし」

ささやくように、藤野辺は自嘲した。

弓瀬と再会してからというもの、憧れた男と同じ舞台にいる事実が嬉しくて、いつのまにか自分はその環境に甘えていたのだと思い知る。

結局藤野辺は、弓瀬が自分の思い出の中の通りの人間でないことに苛立っていたのだ。

とっかえひっかえの遊び人であることも、青臭い理想に走りすぎるところも、優しすぎるところも、父親と確執があることにも。

藤野辺の持つ「弓瀬像」から少しでもはみ出ると、いちいち違和感を覚え、苛立っていたなんて子供っぽいにもほどがある。

藤野辺はそっとボールペンを内ポケットにしまった。

そして、その手で今度は言い過ぎたばかりの唇をなだめるように押さえる。

懐かしいなと思ってはドキドキして、弓瀬らしくないと思えば苛々して、ささいなツーショットだとかキスに、自分でもどうしていいのかわからないほど気持ちが浮き立つ。

指の隙間から、藤野辺は溜息を吐いた。

もう、言い逃れのしようがない。

恋をしている。

弓瀬が好きなのだ。

初恋を引きずっているようで恥ずかしかったけれども、つまらない罵りあいにあとに引けなくなる自分を知った以上、自分の中の身勝手な慕情から目を逸らすことはできない。

「嫌やわ、いつまでもガキみたいで」

そう認めてしまうと、急に気持ちが楽になる。

今日のことは言い過ぎた。そう言って謝ろうと心に決めた藤野辺の脳裏には、ついさっきの、瞳を揺らしていた弓瀬の顔がちらつくのだった。

「なんで弓瀬弁護士とお茶なんかしてるんですか?」

得体の知れない写真が、個人あてではなく、検事としての藤野辺に届いたのだから、内容がなんであれ一人で抱えているというのは藤野辺の職業倫理に反する。

だからこそ、今後の相談も含め、まず事務官である三枝に相談したのだが、案の定、問題の写真を見た三枝から真っ先に返ってきたのは一番返事に困る詰問だった。

迷わず、藤野辺は夕べ練りに練った下手な言い訳を答える。

「店が混んでたんで、たまたま相席になっただけです」

「そうですか。もしこの送り主の行為がエスカレートして、大きな事件になった場合に備えて、もっとうまい言い訳を考えておいてくださいね」

「そうさせてもらいます……」

「それにしても気味が悪いですね。なんのメッセージもないというのは」

「ほんまにねえ。言いたいことあったら便箋《びんせん》十枚でも百枚でも書いたらええのに」

丁寧にビニール製の袋に保管した写真と封筒を抽斗《ひきだし》にしまいながら、藤野辺は三枝と「次同じものが来れば上にも報告する」「弓瀬法律相談事務所から、新しい情報がくればその都度三枝にも伝える」といった約束をいくつか決めると、これ以上この件について考えていても進展はないだろうといつもの業務に戻った。

昨日の、苦い記憶の残る美しい夕焼けに反して、今日は朝から天気がぐずついている。寒くなりはじめた街の空気が、重たい雲の圧力に凝縮されていくようだ。淹《い》れたての熱い茶で胃を温めながら、藤野辺はそんな窓の向こうの薄暗い空を見上げた。

夕べから、あの写真と同じように、もう一つ何度も見返しているものがある。

弓瀬がくれた、プライベートの名刺だ。

あの裏面にあった地図は、すっかり記憶してしまった。

昨日のことを謝ろうと思った結果、弓瀬の入り浸っているという店に少し行ってみようかと思いついたのだ。

不純な気持ちはない。

ただ、弓瀬への初恋が今も自分の中で生きていたのだと知って、今まで苛立つばかりだった「現在の弓瀬」に興味が湧いたのだ。

そうなると、職場に電話をするのはそっけない気がしたし、正木の件で裁判所で再会するのはしばらく先。自分から動かねば何の機会もないような気がして、まだ慣れない土地の発展場だが一人で足を踏み入れてみようと予定していた。

だが、今にも降りだしそうな雨雲の暗さに、幸先の悪さを感じなくもない。

本当にバーに入り浸っていれば、軽く謝ろう。いなければ、一杯飲んですぐに帰ればいい。

そのためには、まず、目の前の仕事を片付けなければならない。ついでに、新たな仕事が急増しないよう、地域の平和を願うばかりだ。

しかし、そんな藤野辺の意欲に水を差したのは、思いがけない横やりだった。

検事室の電話ではなく、携帯電話の着信音だ。

見覚えのない番号に、厄介《やっかい》ごとでなければいいのだが、と眉を顰めて電話に出る。

『仕事中に悪いね、藤野辺検事』

はい、とだけ言って電話に出た藤野辺の耳朶をくすぐったのは、今夜会えたらいいなと思っていたはずの弓瀬その人だった。

昨日の確執など感じさせない明るい声が、とっさのことに返事もできずにいた藤野辺をさらに驚かせる。

『昨日は大したもてなしもできずに悪かったな』

「いや……」

『お詫《わ》びといっちゃなんだけど、今夜空いてないか？　無理ならまた誘うけど、一杯どうかと思ってさ』

無意識のうちに、藤野辺は内ポケットに手を差し入れ、愛用のボールペンに触れていた。

「一杯どうって、例のバーか？」

『話が早いな！　何も色ボケ話をしたいってわけじゃないが、何の話をしても安心できるからな。嫌じゃなければ、つきあってくれ』

「わかった。ほな、仕事が片付いたらこっちから電話する。今かけてきてる番号でええんか？」

即座に応じたことが意外だったのか、一瞬電話口の向こうが静かになった。

だが、すぐに嬉しそうな声が「頼む」と言って耳朶に触れる。

基本的に仕事の電話は検事室の固定電話を利用するのがほとんどだが、自分の名刺には携帯電話の連絡先も記入している。弓瀬はそれを見てかけてきたのだろう。

もしかしたら同じ時間帯に、二人して相手の名刺を見ていたかもしれない。

弓瀬も、名刺を眺めながら藤野辺に電話をしようか悩んだりしたのだろうか。

通話を終えた携帯電話に、かかってきたばかりの弓瀬の番号を登録しながら、藤野辺の頬はついにやけるように緩む。

「三枝さん、今日の天気予報、雨降るて言うてましたっけ？」

「私も気になって、今調べてたんですけど、一応明日の朝まで降水確率三十パーセント未満ですね。大丈夫なんじゃないですか？」

降るとしたら、通り雨くらいじゃないですかね。と、予報サイトでも見ているのか、携帯電話片手の三枝が教えてくれる。

そこまでは親切だったが、続く言葉に藤野辺は感謝の言葉を飲み込んだ。

「でも、顔だけはいつも鼻持ちならないクールな検事様顔の藤野辺さんが、そんなに鼻の下を伸ばしてにやけているのも珍しいので、槍《やり》くらいは降るかもしれません」

「三枝さんの頭上に降るとええですね」

「困りましたね。災害保険下りるでしょうか」

「下りてたまりますかいな……」

弓瀬と喧嘩をしたばかりだ。今夜の邂逅は、にやける反面緊張もしている。

しかし、三枝との世間話にこめかみをひくつかせることに比べれば、きっと容易に違いない。


弓瀬が日々入り浸っているというバーは、どこにでもありそうな落ちついた雰囲気の店だった。

くだんの乱交パーティーに悩まされたホテルから、通り二本またいだだけの雑居ビルの三階。堅く閉ざされた玄関口こそ、客など求めていないかのように店名のプレートが地味につけられただけで、開店しているかどうかさえわからなかったが、思い切って一歩足を踏み入れると柔らかな酒の香りと人々のささめきに満ちていた。

一枚板のカウンターには木の節のへこみがいくつもあり、タバコの焼け焦げも目立つが、なめらかな艶を放つほど磨かれているせいか、そのいびつさが味に見える。酒とインテリアの色味を反射して、室内は琥珀《こはく》の彩りに満ちていた。

しかし、やはり「仲間」ばかりが集まる空気には独特のものがある。

やはり、ふつうのバーがいいと提案すればよかったか。

狭い店の片隅で、いい雰囲気の男同士の二人組を見てしまうと、こんな店で弓瀬と並んで座っていることをつい意識してしまい、藤野辺は今更そんな後悔を覚えた。

「マスター、いつもの」

「はいはい。そちらさんは?」

本当に、弓瀬はここにべったり居座っているのか、店主とも親しげだ。壮年の店主の問いかけに、藤野辺は彼の背後に並ぶ酒瓶《さかびん》を眺めながら答える。

「スコッチ」

「藤野辺、おっさん臭いぞ」

「スコッチに謝れ」

茶々を入れた弓瀬を軽くこづきながら、藤野辺は水割りを頼んだ。

酒を作りはじめた店主の手元で、ボトルの栓《せん》が抜かれた音が響く。久しぶりの酒だ。緊張のせいで悪酔いしなければいいが。

そんな不安が胸をかすめ、藤野辺は早速本題を切り出した。

ぐだぐだと大事なことを後回しにしたあげく、酔ってまともに謝れなければ意味がない。

「弓瀬、昨日は……」

言いかけたところで、同じことを意識していたのだろう、弓瀬の手が目の前で広げられ、続く言葉を遮られる。

「謝るのならやめてくれ。昨日のあれは、俺が言わせたんだ」

そういって苦笑した弓瀬の表情に色気を感じ、藤野辺は思わず目を逸らしそうになった。

弓瀬の眼差しには、藤野辺を責める色は一つもない。

そのことに、むしろ藤野辺は昨日の激昂《げっこう》にあらためて後悔を覚えた。

「あかん。えらいみっともないこと言うてしもたんや、謝らせてもらえんか」

「……ははっ、お前がそんなに謝ると、俺は土下座しなきゃいけないことになるだろ」

「そんなつもりやないねんけど」

なんだか、言いくるめられてしまっている気がする。

その余裕を、昨日の段階で持っていてくれたらよかったのに。そんな拗ねた気持ちさえ浮かびかけたとき、目の前にようやく酒がやってきた。

溜息をこぼして、グラスを手にすると、すぐに弓瀬の隣にも注文したものがくる。

どうすれば謝罪の言葉を紡げるだろうと悩んでいた藤野辺の唇は、その弓瀬の注文をしたものを見たとたん、いつもと変わらぬ悪態をこぼしていた。

「なんや弓瀬、その……『いつもの』注文は」

「え？　カルアミルクとつまみのチョコレートだけど。あ、チョコいるか？」

「いらん！」

真面目な話をするつもりが、弓瀬の手元は実に脳天気な色合いだった。

ハートの形のチョコレートが皿にいくつも盛られ、見るからに甘そうなカクテルが大きなグラスにたっぷり入っている。

「カルアミルクなんか、ダブルだぞ」

「そんなダブルがあるか！　ただのLサイズやん！」

たしかに甘党な男だったが、こんなものを「いつも」頼むほどなのか、とめまいを覚えメガネを押さえた藤野辺に、弓瀬は幸せそうに頰を緩めてカクテルを舐めた。

「藤野辺こそ、ちょっとは甘いもの食べて口調だけでも柔らかくなったら、三悪なんて噂あっと言う間に消えるんじゃないか？」

「太るくらいなら三悪でも四悪でもええ。見てるだけで眼球が太りそうやわ恐ろしい……」

「何を怖がってるんだよ。三十手前のデスクワークが、お腹これだけぺたんこなら立派なもんじゃないか」

「触るな、あほ」

大きな手で、おもむろにスラックスのベルトのあたりを撫でられ、藤野辺はうろたえているのをばれないよう邪険にその手を振り払った。

昨日のキスといい今といい、なるほどとっかえひっかえ野郎はペッティングが多い。と、内心弓瀬の遊び人ぶりを納得する。

この街に、弓瀬にこんなドキドキを味わわされている人間がいったい何人いるのだろうか。

「そういうお前はなんや、パフェ食べて、コーヒーには砂糖いれまくって、夜はいつもこんなもん食べて……なんで太らへんのや、ずるいで」

「やめろよ、うちの紅一点の事務員に連日同じいちゃもんつけられてるんだぞ。俺はガキの頃から甘党で、クッキー缶一缶空けちゃったりしてたけど、そういえば太ったことはないなあ。摂取した糖分が全部筋肉になってくれるタイプなのかも」

「なんやと……神様は不公平や、あのあほめ」

肥満の神がいるかは知らないが、どちらにせよ不敬な悪態を吐くと藤野辺は忌々しさを隠しもせずにスコッチを呷《あお》った。

「あー……もしかして、あんた太りやすいのか、藤野辺？」

むすっとしたまま、藤野辺はうなずいた。

「正確に言うと太ってた、や。知ってるか弓瀬、男はどない豊満ボディになってもおっぱいは堅いんや」

「そ、そりゃあかなり太ってたんだな……。でもまあ、それが今じゃ立派なスレンダーボディじゃないか」

「何がスレンダーや。ムキムキといえ」

「俺は法廷でもプライベートでも嘘はつかない人間だ」

「生涯に一度きりの嘘やと思うて、ムキムキといえ」

「無理無理」

けたけたと笑いながら、弓瀬はこれみよがしにチョコレートをかじる。

藤野辺だってチョコレートを皿一杯かじりたいし、クッキー缶を一缶空けてみたいが、苦労して手にいれた標準体型とおさらばするのは恐ろしい。

カルアミルクの香りさえ恨めしいと言いたげな藤野辺を、弓瀬はまじまじと見つめてくる。

今や藤野辺の顎のラインはシャープなもので、ぴたりと体を這うスーツのシルエットも、余計な脂肪がついていた名残などどこにもないはずだ。だが、あまり見つめられるとやはり落ちつかない。

「ダイエットしたのか？　それとも、病気で痩せたとか？」

「ダイエットや。中学のとき買うた女性誌と中年男性のメタボ対策特集は、今でもバイブルやで」

「ほほーう。さては、太ってるのを理由に好きな人にふられたな」

もう少しで、スコッチを吹き出すところだった。

どの口がそれを言うか。と思うと同時に、実はとうの昔に自分の正体などばれていて、からかわれているのではという被害妄想まで顔を覗かせる。

一瞬悩んだ末、藤野辺は内ポケットのボールペンを指先でいじりながら吐露した。

「あいつは、たぶん人の体型を理由に人をふるような奴とは違うと思う」

「お、ベタ惚れだな」

「ベタ惚れ言うても、小学校の頃の話やで。クラスに一人くらいはおるやろ？　勉強できて、運動もできて、顔もええし明るいから友達もぎょうさんおって、女の子にも人気のクラスの中心みたいな奴」

「さあ、どうだろう……。ピンとこないな」

チョコレートのついた指先を舐めながら、弓瀬は真剣に悩むように首をかしげた。まったく思いつかないらしい。

そのことに、思わず藤野辺は笑ってしまった。

「さよか」

耐えきれないようにくすくすと笑う藤野辺に、弓瀬が不思議そうに瞬《しばた》いた。

「まあええわ。とにかくそういう奴がおって、俺はその正反対のガキやったんや。勉強だけが取り柄の太っちょ。男子にはからかわれるし、女子には気持ち悪がられるしで、さんざんやで」

「そんなに口が悪くなけりゃ、太ってても好かれそうなもんだけどなあ」

「お前はさりげなく失礼なやっちゃな。でも無駄やで、当時の俺、デブって言われても何も言い返されへん、湿った性格やったしな」

「……お前が⁉　太ってたことよりよっぽど想像できないぞ」

「その上、言い返されへんくせに、職員室のポストにこっそり無記名でクラスメイトの悪口を密告するんや」

「うーん……」

さすがの弓瀬も苦笑に口元を緩めた。

まるで、ここにはいない誰かの話をしているかのようだ。

藤野辺もその自覚があるから、一緒になって苦笑を浮かべて懐かしい話を続ける。

「でもあいつは、俺みたいな奴にも優しかった。ある日、俺がいじめられてたら助けてくれてな。そいつが、あんまりあたり前みたいに助けてくれるから、急に俺は自分のことが恥ずかしくなったんや」

「恥ずかしい？」

「せや、俺も、あいつみたいになりたいと思うた」

弓瀬が、じっと自分を見つめていることはわかっている。しかし、藤野辺はただグラスに浮かぶ水滴を見つめるばかりで、そのまっすぐな瞳を見つめ返す勇気は持てなかった。

その代わり、伝わらないだろう本音を自己満足のように打ち明ける。

「あれは初恋みたいなもんやった」

「……今でも、そいつのことを？」

返事に困り、藤野辺は肩をすくめた。

そして、やんわりと答えを避ける。

「今も目指してる背中なんは確かやな。弁護士目指してると聞いて、俺もこうして法曹界を目指した。ダイエットしたり、何にたいしても積極的になってみたり……初恋の相手やし、乗り越えてみたい背中でもある」

だから、その背中がくすぶっていては困るのだ。

藤野辺はボールペンから手を離すと、とうの昔に空になっていたグラスを手に「同じものを」とカウンターの向こうに声をかけた。

その隣で、弓瀬が残っていたカクテルを一気に飲み干す。

見ているだけで喉が砂糖に焼けつきそうだ。

「弓瀬、人間は変わってみても根っこは変わらん。たまに、俺も昔の嫌なとこが蘇《よみがえ》ることがある」

「ほう？」

「昨日は、おれの嫌なとこが出た。自分が怒ってるて、相手にわからせたいばかりに嫌なことばかり言ってまう。悪かったな」

空になったグラスを手に、弓瀬が嘆息した。

だが、また「謝らなくていい」と言われるのを牽制《けんせい》するため、藤野辺はすぐに言葉を続ける。

「昨日の悪態は謝る。と、同時にお前の検察官への侮辱の撤回も要求する。今のうちに撤回したら、忘れてやるで」

「ははは、まったく、勇気出して俺から誘ったのにこれじゃ形無しだ。だが、謹んで昨日の俺の失言も謝らせてもらうよ。ひどいことを言って、悪かった」

弓瀬が何も言わないうちから、彼の元にも新しい酒が届く。

またカルアミルクだ。

このマスターとは、是非親睦《しんぼく》を深め、こっそり弓瀬の糖分を減らすよう根回ししたほうがいいかもしれない。

そんな悪巧みを知らないまま、弓瀬はどこか吹っ切れたように深い溜息を吐くとカウンターの木目に視線を落とした。

「藤野辺、その初恋の相手とやらは弁護士目指してたんだろう？ なんで、その背中を追いかけたのに今は検察官なんだ？」

「まあ、そいつに憧れても、そいつにはなられへんからなあ。俺、そいつほど優しくはないから、弁護士なんかなったら依頼人の無茶な相談に何しでかすかわからんやろ。代わりに検察官になったら、犯罪者相手にやりたい放題や」

「その言い分を聞くと、昨日の侮辱を撤回していいのか悩むな……」

あっけらかんとした藤野辺の返事に、弓瀬が呆《あき》れたようにこめかみを押さえる。

「それにしても、あんたがうらやましいよ藤野辺。今も、その背中はあんたにとって輝いているのか？」

「ああ」

「俺は、月並みだけど父さんの背中に憧れてた。子供の頃から、父さん父さんってまとわりついてさ」

何も知らないふりをして、藤野辺は耳を傾けた。

憧れていた。その過去形の言葉選びが、すでに胸に痛い。

「子供の頃はわからなかった。父さんが金の儲かる仕事しか受けないことや、儲かる仕事なら、相手が弁護士も雇えないほどの状況でも徹底的に叩きのめすようなタイプだったなんてさ」

助けてもらった側である藤野辺としては想像のつかない話で、気の利いた返事ができずに唾《つば》を飲み込むほかない。

弓瀬の父が実際どんな人物だったかはともかく、あれほど父親を慕っていた弓瀬とのあいだに、深い溝があるのは確かのようだ。

しかし、弓瀬の懊悩《おうのう》は、父への不満のためではないようだった。

「事務所を継いだはいいものの、事務所にいるとときどき自分がわからなくなる」

「なんでやねん。お前はお前らしく、客を大事にしてたらええんと違うんか?」

「その通りだ。そのつもりなんだけど……俺が事務所継ぐと思ってなかった古株の弁護士さんが二人も独立しちゃってさ」

「……ん?」

「若い弁護士と顧客をちょっと連れて行かれちゃってね」

さすがの弓瀬も、その話ばかりはいつもの気楽な口調では言えなかったらしく、口にしてから深い溜息をグラスに落とした。

カルアミルクが苦くなりそうなほど重たい溜息だ。

「自営業は大変やな」

「そうなんだよ! 俺は俺らしく、まさにそう思って仕事するんだけど、事務所で帳簿とか来月の予定とか税務署からの通知見てると、親父に頼りたくなる俺がいるんだよ。ああもう……」

弓瀬が弱り果てている。

いいなあ、公務員は。といって恨めしげな視線を送られてしまったが、さすがの藤野辺もいつものように悪態をつけずに、勤勉な自営業主をなだめてやるほかない。

「た、大変やなあ。せやけど、そない大変な上に、バーに入り浸って酒と糖分ばっかりとってたら、母親が心配するで」

「お、優しいな藤野辺。すごく貴重な感じだ。暗い話が続いて悪いけど、五年前におふくろ離婚したからうちにいないんだよ。今頃俺の心配はしてくれてるだろうが、十歳年下の新しい旦那と楽しくやってるよ……」

「え、そうなんっ？」

「親父が全然家に帰らないんだから仕方ないよなー。一人の実家は広すぎるよ。ああ～優秀な弁護士が欲しい。あと、安定した仕事もってきてくれるお客と、洗濯物片付けてくれる人と、……そうだ、長めの休暇も欲しい」

弓瀬は、何もかも持っている。

子供心にそれは妬《ねた》ましくもあったのに、いざ多くを失いしょんぼりとしている弓瀬を見ていると、頭の一つも撫でてやりたくなる。さすがにそこまでする勇気はなく、藤野辺は背中をさすりながら心の底から労《いた》わった。

「なんや、お前も苦労してるんやなあ」

「してるさ。してないように見える？　このふさふさの髪も、そのうちごそっと抜けちゃうんじゃないかと不安になるほど苦労してるぞー」

「しゃあないな、抜けたら写メもらえるか。お見舞いに黒い毛糸でも贈ってやるから」

「せめて絹糸がいい……」

いつのまにか、店内には客が増えている。店そのものは落ちついた雰囲気だが、気さくな客が多いのか、そこここから楽しげな会話が聞こえてくるが、藤野辺はもうそういう空気が気にならなくなっていた。ここがゲイバーか普通の店かに関係なく、ただ弓瀬とこうして話をしていられることが楽しい。

憧れていた偶像ではない、生身の弓瀬をもっと知りたい。

「そない人抜けて、客も抜けて、事務所大丈夫なんか？」

「事務所はなんとかもう少しふんばってみるけど、俺のメンタルがぼろぼろだよ。人は抜けるし客は抜けるし、顧客は増えないし、久しぶりに刑事事件扱ったら担当検事は口も態度も目つきも悪いし……」

「人が心配したってるのになんやそれは」

「それに、我を忘れてつまらないことを言ってしまうしな」

昨日のことか、と藤野辺は返事を控えた。

今日、なんとしてでも弓瀬に謝りたかった。同じ思いを弓瀬が抱いているのなら、言いたいように言わせてやったほうがいいのだろう。

「本当は、失言を謝るためだけにこうして呼び出したんじゃないんだ。昨日の俺の話のせいで、お前に正木さんのことを誤解されないか心配になってさ」

昨日も含め何度も正木の話を蒸し返され、よほど正木は特別な依頼人なのだろうかとさえ思った藤野辺に、弓瀬は笑みを収めた真面目な顔つきをしてみせた。

「俺は何も、依頼人が可哀相だからといって、無罪を主張してるわけじゃない。正直、俺だって最初に話を持ちかけられたとき、無罪はどうかと思った。けれども、正木さんと話すうちに、執行猶予よりも無罪のほうが、彼にはふさわしいと思ったんだ」

そもそも、正木は、その両親が自営業者で、弓瀬法律相談事務所の昔からの顧客だったらしい。

気のよい中年夫婦にとって、頼りない息子の一大事に、ほかに頼るあてがなく弓瀬に助けを求めてきたのだという。

実際、正木のしたことは、本人の事情や履歴からも、無罪にするのも微妙な反面、実刑判決を求めるのも難しい。刑務所に行く必要のない執行猶予判決が妥当なところだろう。

執行猶予中、正木は通常の生活を送ることができ、その間再び罪を犯すようなことがあれば、刑務所に行かざるを得ない状況になるだろうが、正木の性格ならばよほどの不注意でもない限り、自ら率先して罪を犯すようなこともないだろう。

確かに、刑務所に行く必要がなかったとしても、有罪の記録は残る。

だが、そのくらいの罪を背負う気が正木にあってもいいのではないか。

藤野辺のその疑問に、弓瀬は静かにうなずき、しかし反論した。

「同じことを思ったし、実際そう言った。けど、つきあううちに彼の気の弱さが……どうにも気になってな」

「なんやねん。昨日は、その気の弱さをつついてやるなと言うたやないか」

「あんたはつつきすぎだから……。だが真面目な話、俺は思うんだよ。正木さんはたぶん、執行猶予になったら自分が有罪だってことにしか意識がいかないと思う」

言いたいことがわからず、藤野辺は首をかしげた。

「気が弱いから、一人でいても誰かといても、仕事をしていても遊んでいても、ずっと自分の罪が他人にばれないか、執行猶予中に悪いことが起こらないか、そんなことばかり気にするようになるだろう?」

「ふむ……」

「でも、もし無罪になれば、正木さんは自分のことを気にしなくてよくなる。裁判が終わって、有罪になるかも、なんて恐怖から免れた正木さんに、ようやく余裕ができるんだよ。見殺しにしてしまった被害者のことを考える余裕が」

なかなか減らない二杯目のグラスには、いつのまにかたっぷりと雫が浮かび、藤野辺の指先を濡らしていた。

それに構わず、藤野辺は弓瀬の瞳を観察する。

昨日の、お互い意地を張るように言葉を重ねたばかりのときと違い、弓瀬の表情には真摯《しんし》な落ちつきがあった。

「無罪になったその余裕こそが、正木さんを本当の意味で罪と向きあわせてやることができるんじゃないかと、俺は思う。だから、無罪の主張で仕事を受けたんだ」

「正木を……」

言いかけて、藤野辺は口を噤《つぐ》んだ。

そんなに信じているのか。そんな度胸があの男にあると思うのか。

いろんな言葉が喉元までせりあがっていたが、土足で弓瀬の弁護士としてのプライドに踏み入ってはいけないような気がしたのだ。

代わりに、咳払《せきばら》いを一つしてから素っ気なく答える。

「さよか。まあ、せいぜい頑張り」

「ああ、頑張るさ。正直、正木さんの事件の担当が藤野辺で良かったと思ってるよ、次の公判も楽しみにしている」

言いたいことを言って気持ちがすっきりした。とでもいうように、カクテルに舌つづみを打った弓瀬を、藤野辺は驚いて見つめ返した。

「なんやそれは、俺が相手やったら、無罪判決もちょろいもんやってことか？」

「馬鹿、逆だろ。お前はこんな地味な裁判でもマメに調べているし、痛いところをついてくるし、口は悪いのに正論積み重ねられると反論に困って往生してるよ。でも、だからこそありがたいんだ」

「…………」

「お前の真剣さがありがたいよ。だから、お前に俺の弁護士としての姿勢や、正木さんの無罪主張について誤解されたままでいたくなくて、こうして意を決して誘ったんだ」

ときどきわからなくなる。と、ついさっきの弓瀬の言葉が蘇った。

父が正しいのか、自分は間違っているのか。

目指してきたものを見失いながらも、なおも自分の弁護士像を守り続ける弓瀬にとって、もしかすると正木のような、過失があるにもかかわらず無罪を主張する事件は懊悩の深いものなのかもしれない。

真摯な弓瀬の横顔に、まだ彼の父親の話をしたときの陰が残っているような気がして、藤野辺は自分まで寂しくなってきた。

何か、自分にしてやれることはないのだろうか。

力づけるにしろ、勇気づけるにしろ。

しかし、弓瀬との思い出に、この歳になるまで何度も力づけられ、勇気づけられてきたにもかかわらず、藤野辺自身が弓瀬に返せるものが何もないことに気づいた。

弓瀬の、正木への本音を聞かされ、藤野辺の心は揺れていた。

昔あれほど憧れた弓瀬の輝きは、大人になった今、成長した正義感や優しさをまとっていっそう眩《まばゆ》さを増している。もし、藤野辺が正木を挟んで弓瀬と争う立場でいなければ、もっとすなおに、そんな弓瀬の輝きを応援してやれるのに……。

正木のために頑張れ。と、ただそれだけのセリフを言う気にはなれず、藤野辺は黙ってスコッチをすする。

正木の事件のおかげで、ついに夢にまでみた弓瀬との法廷対決がかなったと思っていたが、今初めて、藤野辺は弓瀬とのあいだにある軽んじるわけにはいかない溝に、歯噛みしたのだった。

「おっと、俺が長話しちまったばかりに……」

バーの入ったビルを一緒に出たところで、弓瀬《ゆみせ》がそう言った。

しかし、その嘆息混じりの声は雨音にまぎれて消えてしまいそうだ。

昼からずっと天気が悪いとは思っていたが、降水確率は低かった。そう高をくくっていたのは、藤野辺《ふじのべ》だけではなかったらしく、弓瀬もまた、傘の当てはないと言って苦笑を浮かべている。

「長話はお互い様や。なんにせよ、終電もいってもうたし、タクシー拾うには大通りまで出なあかんな」

目と鼻の先を街工場が軒を連ねるこのあたりは、飲み屋が多いといってもどこかうらぶれた雰囲気だ。

雨にぼやける街頭の明かりは控えめで、飲み屋や、目的不明の怪しげな店の看板のほうが派手に輝いているため、路地の陰影ははっきりしていた。暗い場所のほうが多い。

目を凝らし、軒先の多いルートを探していた藤野辺は、ふと弓瀬がずっとこちらを見下ろしていることに気づき視線を戻した。

夜の街を背景にした弓瀬は、いつもより艶《つや》っぽい。

「優等生な答えだな藤野辺。もう夜も遅いし、お互い明日も早いんだから、この辺の安ホテルに泊まったほうがタクシー代より安くつくぞ」

とっさに、返事ができなかった。

このあたりのホテル、と言われて思い浮かぶのはあのラブホテルだ。

だが、ビジネスホテルがちゃんとあるのだとすれば、勝手にラブホテルを想像して意識するのも恥ずかしい。

いや、そもそも弓瀬とは真面目な話をして店を出てきたのだから、そんな不埒《ふらち》なところに誘っているはずがない。と思ったそばから、弓瀬の瞳《ひとみ》が妖艶《ようえん》に輝いた。

「藤野辺、お前さん、前から思っていたんだけど好みにうるさいほうなのか？」

「へいっ？」

緊張に負け、奇妙な返事をしてしまったが、気にせず弓瀬は顔を近づけてきた。

「いや、それとなく名刺を渡してても全然連絡くれないし、珍しい法曹界でのゲイ仲間だってのに、俺がアピールしてもつれないしなあ」

「お、お前はほんまに呆《あき》れた男やな！　昨日もそうやったわ、真面目な話してたと思うたらようそんだけいきなり下ネタに走れるもんやで、この色ボケ！」

「ははは、そんなに言うなよ、照れるじゃないか。まあ、かくいうお前もどうかと思うぞ。あんな乱交男と遊んでるわりに、やけにお堅いこと言うしな」

「へ？　あ、せやせや、遊んどる遊んどる……」

嘘を重ねて収拾がつかなくなった被疑者が脳裏に浮かび、藤野辺は落ちつかなくなってうつむいた。

しかし、後悔はあるがやはり「あの藤野辺」だとばれたくはないし、余裕綽々《よゆうしゃくしゃく》の弓瀬を前に「とんだ純情一途《いちず》」とばれるのも癪《しゃく》に障る。

自分の欲深い見栄に愛想がつきそうだ。そんな藤野辺の腰に、ふいに何かが絡みついてきた。

手だ。そう自覚したときには、すっかり弓瀬に抱きすくめられるような格好になっている。

「ひぃい……っ」

「藤野辺？」

「な、なな、なんでもあらへん！　いや、だからその、ほら、好みとちゃうんや！　遊んどるけど弓瀬は好みと違うねん！」

後悔をしたそばから、嘘は塗り重ねられていく。

好みではないどころか、本命ど真ん中の弓瀬の抱擁を押し返していると、笑い声が降ってきた。

「あっはは、取って食いやしないのに、そんなに躍起にならなくても。でも、お前の好みってどんな奴なんだ？　お前の遊び相手が、こないだみたいな奴ばかりだったとしたら、綺麗《きれい》な顔してとんだ悪食だな」

「せやから、あいつのことは忘れろと何度言えば……」

その手の話になると、とたんに主導権を弓瀬に握られてしまう。

それが悔しくて、せめて坂江《さかえ》の話はするなとばかりに睨《にら》みつけようと顔をあげた藤野辺は、視界に飛び込んできた光景に目を見開いた。

いつも丁寧にセットしているのか、緩やかに跳ねているはずの弓瀬の髪は、ペタリと額に貼りついている。

まだ言い足りない、とばかりに弓瀬の表情はいたずらめいたもののままだが、その面貌《めんぼう》には雨の粒が幾筋も流れているではないか。

おそるおそる、藤野辺は自分の手に視線を落とす。

躍起になって弓瀬を引き剝《は》がそうとしていたが、押しのけすぎたらしい。

いつのまにか、ビルの軒の下から、弓瀬の体はわずかに外に出ていた。

ゆるゆると、藤野辺の中から血の気《け》が引いていく。

「す、すまん弓瀬！」

「いいんだよ。どうせタクシー拾う藤野辺も、ホテル探す俺も、濡《ぬ》れないわけにはいかなそうなんだから」

そうなだめられる間にも、じわりじわりと雨は弓瀬を濡らしていき、藤野辺が触れる衣服も湿気を帯びはじめる。

冬を間近にした夜の雨はひどく冷たい。

「ホテルて……弓瀬は帰らんのか？」

「ああ。適当に誰か誘ってホテルに行くよ。無理なら、近くにサウナがあるからそこに泊まる」

いつもそうなんだ、とあっけらかんと言ってのける弓瀬に、藤野辺は自分の心臓がきしむ音を聞いた気がした。

「な、なんやねんなそれ。まさか、一人の家に帰るのが寂しいとか言い出さんやろな」

「……何言ってんだよ」

弓瀬は笑ったが、わずかに息を飲んだ気配を、押しつける手の平から感じとってしまった。街は息をひそめるように静かだが、この雨に帰宅のタイミングを逃した同類はきっと大勢いるのだろう。あんなプライベート名刺を誰にでも配り、こうして夜の街に入り浸る弓瀬のことだ、ホテルに行く相手なんて簡単に見つかるに違いない。

寂しい我が家に帰らねばならない時間を、他の誰かが癒してやるのか？

藤野辺の中に、まだ見ぬ誰かへの嫉妬《しっと》が生まれ、理性は雨に流されていく。

一度、ホテルに誘ってくれたくらいだ。もしかして、その寂しさをまぎらわせることが、自分にもできるのではないか……。

それは、藤野辺にとって甘い誘惑だった。

「藤野辺、まだこの辺は詳しくないだろう？　タクシーの拾えそうなところまで送ってやるよ。ちょっと歩くから、それまで是非お前の好みの男を熱く語ってもらいたいもんだね」

本気でそれが楽しみらしく、弓瀬は上機嫌だ。

一度、藤野辺をホテルに誘ったことなど忘れた様子で、雨に濡れる街へ一歩踏み出すその背中を慌てて追う。

軒先を一歩出れば、冷たい雨粒が藤野辺を襲ったが、その冷たさは胸に湧《わ》く誘惑を凍りつかせてくれそうにない。

自分を抑えられないまま、藤野辺は弓瀬の肘《ひじ》を摑《つか》んでいた。

「藤野辺？」

「弓瀬、その……」

今までつきあってくれた男は、あの調子乗りの坂江は、こんなときなんといって誘ってくれただろうか。

いざ自分からホテルに誘おうにも、上手《うま》い言葉の一つも浮かばない。

雨脚は激しくなる一方で、濡れて重たくなった藤野辺の前髪が一房額に垂れた。

雨にまみれ嘘までついて、惚《ほ》れた男にすがる自分なんて考えたこともない。だから、これ以上どうしていいかわからずに固まってしまった藤野辺に、弓瀬がやおら近づいてきた。

上体をかがめた弓瀬の鼻先が近づいてくる。

キスされる。

いい加減、そのことはわかっていたが動けなかった。いや、動かなかったのだろうか。

もう、慣れない嘘のつきすぎで、自分の気持ちさえわからなくなっている。

わかっているのは、弓瀬が好きだというこの想いだけだ。

触れあう唇は、カルアミルクの味がした。雨が、衣服に染みこみ肌をだらだらと伝う。

再び弓瀬の手が自分の腰にまとわりついたとき、藤野辺は嘘までついて抱きしめられておきながら、結局罪悪感に負けてしまい、優しい抱擁に溺《おぼ》れることはできなかった。

バーから一番近いホテルは、結局あの乱交パーティーの会場でもあった建物だった。古ぼけた建物の中は相変わらず猥雑《わいざつ》な雰囲気で、雨の音さえどこか遠い世界に思えるほど、独特の閉塞感《へいそくかん》がある。

あてがわれた部屋は、真ん中にダブルベッドがあり、その脇に大きな鏡台がある。随分古いものだが、昔はまともなホテルだったというから、その名残だろうか。

ここまで来てしまえば、少し緊張も収まっていた。

本番まではしていないが、弓瀬と行為に及ぶのはこれが初めてではないのだから、開き直るくらいがちょうどいい。

それでも、心拍がいつもより早いことを自覚しながら、藤野辺はたっぷり水気を含んだジャケットを脱ぎはじめる。風呂場のほうから、弓瀬が「換気扇の下に服を吊《つ》るしたら乾くかな？」などと言うのが聞こえてきた。

それに適当に応じながら、藤野辺は鏡台に近づいた。

我ながら女々しいと思いながら、それでも濡れた髪を撫《な》でつける。見ると、鏡台には安物の籠《かご》が置いてあり、中にコンドームやローションが無造作に押し込まれていた。こんなにアメニティを詰め込んで、盗まれやしないのだろうか。

そんなことに気を取られているうちに、いつのまにか背後に人の気配を感じる。

顔をあげると、鏡に弓瀬が映っていた。藤野辺の背後に立つ弓瀬はすでにジャケットもネクタイも脱ぎ捨てており、雨に濡れたワイシャツが彼の男らしい体に張りつき、色気のある陰影を作り出している。

それに比べて自分は……。鏡のせいで、つい並べて見比べてしまった藤野辺は、なんだかワイシャツ一枚さえ脱ぐのが嫌になってきた。

「藤野辺、あんたはどんなプレイが好きなんだ？」

「はっ？」

恥も外聞もない、直球の質問に藤野辺は鏡の中の弓瀬を凝視した。

しかし、弓瀬の表情はいつも通りで、特別おかしな質問をしたつもりはないらしい。藤野辺の脇から手を伸ばし、籠の中から小さな袋を摘《つま》み上げながら口の端で笑っている。

「いや、だってせっかくの一夜を過ごすんだから、お互い楽しむために情報交換は大事だろう？」

「そ、そんなもんやろか……って、うわっ」

背後から、弓瀬が藤野辺の腰に腕を回してきた。

濡れた布にへばりつかれ、すっかり冷えた体に弓瀬の体温が甘く伝わってくる。

「な、なんやねん、結局、情報交換はせんでいいんか？」

「いや？　夜は短いから、たっぷり楽しみながら聞いて、二ラウンド目に生かそうかと」

あたり前のように二ラウンド目、などといわれ言葉を失った藤野辺の耳を、弓瀬がねっとりと舐《な》めてきた。

冷たい肌に熱い粘膜が触れ、意識しなくとも体が跳ねる。その一方で、腹の前では、弓瀬の手が藤野辺のベルトを外しにかかっていた。

まるで仕事の一環であるかのように、何もかも手際がいい。

早速スラックスの前が緩み、下着と一緒に濡れた布地がずるずると落ちていく。

一人、太ももをさらけ出す姿が間抜けに思えて、藤野辺は言葉を探した。

「ゆ、弓瀬。とりあえず、風呂で温まらんか？」

「それはすごくもったいない」

「もったいない？」

何が？　と続けようとした言葉は、弓瀬が太ももを撫でたせいで飲み込んでしまう。

鏡の前の自分が、明らかに官能に流されそうになっているのがわかる。

「ほら、こんなシチュエーションなかなかないだろう？　濡れネズミのあんたは、いつものナイフみたいな雰囲気が崩れて、いい目の保養だ」

「う……」

あほか。と言ってやりたいが、藤野辺自身、濡れた弓瀬にドキドキしている口だ。

何も言えずにいるうちに、弓瀬の手は欠片《かけら》の遠慮もなく藤野辺の下肢をまさぐりだす。

冷たい指先が、同じように冷たい肌をなぞり、震える陰嚢《いんのう》をつついてくる。くすぐったいような感触が、絶えず肌を這《は》い、藤野辺は困惑した。

ここに来るときほど緊張はしていないが、けれども弓瀬とこれから何をするか、意識しすぎているせいでささやかな感触にさえ、すぐに性器が反応するのだ。

「待ちきれないのか、藤野辺？」

「ち、がっ……あ、何っ？」

「そこの籠に入ってるローションだ。大丈夫、たっぷりぐちゃぐちゃにして、すぐに体中温かくしてやるよ」

「あほ、ぬかせ……っ」

籠から抜き出した袋は、使い切りサイズのローションだったようだ。

ぬるりとした液体が、皮膚と変わらぬ温度で尻を流れていく感触に、藤野辺は我慢できずに鏡台に手をついた。しかし、そのせいで、弓瀬に向けて尻をつきだしたような格好になってしまう。

背後で、弓瀬がくすりと笑った気がして、藤野辺は鏡を見た。

だが、すぐに目に飛び込んできたのは、浅ましい期待に赤面する己のだらしない顔だ。

たまらずまたうつむくと、弓瀬が双丘《そうきゅう》のはざまを粘つく指でなぞりだす。

両手で包み込むように尻を掴まれ、その中心を親指が何度もなぞる。薄い皮膚に、ぬるぬるとしたローションの感触は心地よくて、尻全体をしつこく揉《も》みしだかれるうちに、そこだけ体温が戻ってくるようだ。

「いい手触りだな藤野辺。法廷じゃあんなに厳しいことを言うくせに、お尻の肌は吸いつくみたいに柔らかい」

「な、なんなんっ、変なこと、言わんでも……っ」

「褒めてるんじゃないか。ほら、ここは褒められて嬉しそうにひくついてるぞ？」

「あ、ぅんっ」

尻を摑んだままの弓瀬が、親指を後孔に押し当てた。

きっと、弓瀬の目の前に剝《む》き出しになっているだろうその器官を考えると、頭がどうにかなりそうだ。

それでも、唇を嚙《か》んで耐えていると、皮膚と粘膜との境目を押し広げるようにしてなぞられる。

ぬかるむローションが一滴、染み込むようにして後孔の中に入ってこようとするのがもどかしくてたまらない。

「嬉しいな、ここに来るまでのあいだも、ずいぶん期待してくれてたみたいじゃないか。ちょっと肌をつついただけで、もうこんなにして」

言われて、藤野辺は慌てて自身の性器に触れようとした。

こんなに敏感なときに、前まで弓瀬の好きにされてはたまらないと思ったのだが、弓瀬の左手が、尻から離れ藤野辺の腹を這うほうが一歩早い。

あ、と思ったときには、ローションに濡れた弓瀬の指先が、藤野辺の叢《くさむら》に侵入していた。

その根元から先端へ、残酷なほど微《かす》かなタッチでなぞられ、藤野辺の体は自然とのけぞった。

「ひぅっ……」

自分の性器を確保しようとした手は、虚《むな》しくまた鏡台にしがみつき、代わりに弓瀬の大きな手がくすぐったい感触に震える藤野辺のものを優しく握りこむ。尻が震えているのが自分でもわかった。ぐっと、何かを期待して直腸が戦慄《わなな》いている。きっと、弓瀬には自分の「入り口」がはしたないほどひくついているのが見えていることだろう。

前も、後ろも弓瀬の大きな手に攻められ、耳朶《じだ》には返事も思いつかないほどいやらしいことをささやかれる。

あの、少しお互い慰めあっただけの夜とはまるで違う肉欲の深さに、藤野辺はただただ翻《ほん》弄《ろう》されるばかりだ。

しばらく、まるで藤野辺の肌をとろかすようにして下肢を撫でまわしていた弓瀬の指が、ふいに明確な動きを見せた。

尻を撫でていた手が止まり、親指が、すっかり柔らかくなった後孔につぷりと侵入する。

ずるずると潜り込んでくる太い指の節が、震える内壁を容赦なく抉《えぐ》っていった。

「ん、んっ……あ、そんな、いきなり搔《か》きまわさんといて……っ」

「わかった、じゃあ撫でてやろう」

「ふ、ぁっ」

抉ったかと思えば、今度は抜き差しを繰り返され、藤野辺の性器が弓瀬の手の中で跳ねる。もはや寒さも、衣服の濡れた不快感も忘れて藤野辺は額を鏡台の鏡に押しつけ、荒くなるばかりの息を吐き続けた。

弓瀬の指は実に意地悪だった。

親指のあと、挿入された人差し指と中指はとくに。

搔きまわされ、とろかされ、今にも腰を揺らしてしまいそうな自分を戒めていると、ようやく藤野辺の下肢から弓瀬の手が離れていく。

息を整えているあいだ、視界の端で、弓瀬の手が籠の中のコンドームを取るのが見えた。弓瀬も興奮して、藤野辺の中に今にも入りたがっているのかと思うと、背後で微かに聞こえるコンドームをつける音にさえ、藤野辺の後孔はひくついた。

温まったローションが滴る太ももも、はちきれそうな肉茎も放置していた弓瀬の右手が、ふいに藤野辺の顎《あご》をそっととらえる。ゆっくりと頭を持ち上げられ、藤野辺は再び眼前の鏡に顔を向けるはめになってしまった。

さっきよりも、さらにはしたない顔をしている自分を見ていられず、しかし弓瀬の手は藤野辺がうつむくことを許してくれない。

顎を摑んだまま、親指を口の中に押し込まれ、藤野辺は自然とその指をしゃぶってしまった。自分の陰茎を撫でてくれていた指は、ローションの甘い香りと、自身の先走りの味がした。

歯をなぞられ、舌をこねまわされ、口を閉じることさえできなくなった自分の姿は、隅々まで鏡に映し出されている。

「ん、んぅっ、ゆ、ゆみひぇ……」

「可愛いな藤野辺。ほら、触ってないのに、乳首が尖《とが》ってるのが、ワイシャツ越しでもわかる」

「う、うゆひゃい……っ」

閉じることのできない口から唾液《だえき》がこぼれ、弓瀬の骨ばった手に流れていく。

恥ずかしくてたまらないのに、目を瞑《つむ》ることができない。

自分はともかく、鏡の中の弓瀬はまるで毛並のいい獣のようだった。

黒い瞳は妖《あや》しく輝き、鏡越しにじっと藤野辺を見つめるその表情は、ひどく楽しげで、そして明らかに興奮しているのがわかる。

「あ、ふっ……」

空いた手に腰を摑まれ、とろけるようにひくついていた尻のあわいに、驚くほど熱いものが押し当てられる。

それが、弓瀬の興奮の熱量だと思うとそれだけですでに藤野辺の中は期待に戦慄いてしまう。

肉壺《にくつぼ》を震わせ、弓瀬の欲望を受け止めるのを待ちうける自分の姿は、実に卑猥《ひわい》で物欲しそうだ。

「入れるぞ」

声が、耳に触れた。

息を飲む。と同時に、藤野辺の下腹を熱塊が貫いた。

「あぁぁっ、ぁっ」

そのまま、イってしまうかと思った。

奥深くまで勢いよく挿入された弓瀬のものは、藤野辺の内臓を揺さぶるような激しさだったが、感じるものは愉悦ばかりだ。

挿入される瞬間を、鏡で見せつけられているせいだろうか。

これだけいじられ、まだ足りないとでもいうように弓瀬の指をしゃぶる自分の姿。瞳を潤ませ、尻を穿《うが》たれたとたん快感に唇を震わせている自分の、なんと愚かでみっともないことか。

「やっ、ゆみひぇ、鏡……鏡あかんっ」

「駄目じゃない。ほら、藤野辺、すごくエロい顔してる。法廷では、あんなに怖い顔なのに」

「あほっ、何、言って……んぁっ、あっ」

恍惚《こうこつ》とした表情で、弓瀬が鏡の中を覗きこみながら腰を揺すった。

これ以上ないほど淫《みだ》らな音を立てて、抽挿が繰り返され、藤野辺の中は歓喜に打ち震えていた。

柔らかな内壁は貪《むさぼ》るように弓瀬のものに絡みつき、激しいほどの快感を藤野辺の体中に走らせる。弓瀬のものに小突き回されるたび、鏡の中の自分は嬉しげに目を細めている。

弓瀬の寂しさを慰めてやれるだろうか。

そんなものは、傲慢《ごうまん》な思いだったのだと、自分の浅ましいほどの淫らさを目の前にして藤野辺は恥ずかしくてたまらなくなってきた。

「あっ、あう、あっ、ぁっ、ぁっ」

「藤野辺検事はいやらしいな、どこもかしこもいやらしい。くっ、ぅ……こんなに、俺のにっ、絡みついてきて……」

「あ、ほっ！　こんなときに、検事とか、いうな……悪趣味……あぅっ！」

「うーん、でも、藤野辺のここ。検事って呼ぶと吸いついてくるぞ……。んっ、ん……」

「嘘やっ、嘘つき、あほっ。ああ、あかんっ、あかんのに……っ」

「駄目か？　法廷で会っても、思いだしてしまいそうなほど、今こんなにエロいのに。藤野辺検事、こんなにいやらしい体を持て余して、職場で物欲しくなったりしないのか？」

意地悪すぎる。そう思うのに、検事と呼ばれ、職場の話をされながら、奥深くを肉棒で小突き回される刺激に藤野辺は唾液をこぼしながら喘《あえ》いだ。

雨に濡れたことなど忘れてしまうほど体が熱い。

うねる内壁が、弓瀬の性器にこすり上げられるたびに震える。

押し広げられた淫道と性器が直結したように、激しい快感が押し寄せてきた。

「あぁあっ、あかんっ、待って、あっ、あっ」

「ん、ぅっ、どうした、イクのか？　かまわないんだぞ先にイっても。お前がイクところ、全部見ててやるから」

「そんなん、言わんといて……あ、ぁっ、ぁうっ」

いつも以上に感じていることはわかっていた。

弓瀬とだからか、それともこのシチュエーションのせいか。

ただ深まる欲望はとめどがなく、淫液を吐き出してもなお溢《あふ》れてくる快感の波に、藤野辺は押し流されていったのだった。

一昨日《おととい》、小塚《こづか》被告の二回目の公判があった。

特に減刑を求めるわけでもなく、あらゆる証拠と本人の証言の揃《そろ》っている裁判はあっと言う間に進み、次回はもう結審……裁判の終結となりそうだ。

実に陰惨な事件を起こした小塚だが、裁判では自己保身に走ることは特になく、事実を淡淡と認め、正木《まさき》に関しても「暴行に加わってはいない。それどころか、びびって被害者の鼻血さえ直視できずに隅っこで震えてた。救急車も呼べないとかマジ受ける」と証言している。

正木を庇《かば》っているわけでもないのだろう、心底小馬鹿にしたようなあの口ぶりを思いだしながら、藤野辺は今日、正木の三回目の公判に臨んでいた。

まだ裁判官の入室していない小さな法廷は、どこかだれた空気が漂っており、相変わらず傍聴人席は閑古鳥《かんこどり》が鳴いている。

検察庁から支給されているふろしきの包みを机に置き顔をあげると、向かいの席ですでに準備を終えていたらしい弓瀬が憂鬱そうな顔をして手元の資料を見つめていた。

今回、藤野辺は新しい証拠による尋問を請求している。証拠内容についてはあらかじめ裁判官にも弁護側にも開示しているが、藤野辺の出方が正木の進退にどう響くのか、苦慮しているのだろう。

藤野辺が、そこらじゅうから正木を有罪にするための材料を集め尋問する。弓瀬が、逐一それに反論し、無罪を主張するに足りる根拠を正木から引き出そうとする。

今回の裁判は、そういった地味な作業の繰り返しだ。

しかし、憂鬱なのは弓瀬だけではない。藤野辺も、正木の態度いかんではまだまだ裁判が長引くだろうと思うと憂鬱だった。

小塚のように、なんの問題もなくすぐに判決が出るほうがいいに決まっている。しかし、裁判を長引かせることになってでも戦いたい理由が自分にもあるはずだ、と藤野辺は無人に近い傍聴席を再度眺めた。

と、その傍聴席に座っていた地方紙の記者が、意味ありげな顔をして藤野辺といずこかを交互に見ていることに気づき、藤野辺は首をかしげる。

男の視線を追うように、藤野辺も再び前方に視線をやろうとした……が、それより先に、視界に飛び込んできた影にぎょっとして後ずさってしまう。

ついさっきまで、確かに弁護人側の席にいたはずの弓瀬が、目の前に立っているではないか。ここまで接近していれば、なるほど傍聴人も気になるわけだ。

驚きをいつもの睨み顔に隠し、藤野辺は弓瀬の視線を受け止めた。

「なんやなんや、喧嘩《けんか》でも売りにきたんか」

「まさか、あんたじゃないんだから。それより藤野辺、こないだの小塚の裁判、見に行ったか？」

行った、と応じながら、藤野辺は弓瀬の双眸《そうぼう》を見つめるうちに心が静かになっていくのを自覚していた。

あの雨の夜から一週間。

一線を越えるとなおさら人懐こくなる性質なのか、弓瀬からは数度電話をもらっている。甘いささやきでもなく、仕事でもない、他愛ない電話に藤野辺は緊張してばかりだ。何か、特別な関係を意識しているようで少し恥ずかしい。

こんな気持ちは初めてで、夕べも「浮ついた気持ちで、法廷で弓瀬とまともに顔をあわせられるだろうか」と枕につっぷし悶々《もんもん》と悩んだものだが、いざ対面すると思いのほか落ちついた心地だ。

さまざまな重石《おもし》を抱え煩悶する弓瀬を支えてやることはできないが、こうして法廷で、藤野辺が検事としての全力を果たせば、弓瀬も彼の弁護士としての使命感を滾《たぎ》らせることができるだろう。

そう信じればこそ、藤野辺の気持ちはいつも以上に引き締まったのだ。

一方、弓瀬のほうはどこか物憂げで、大事な話があるようだった。

「藤野辺、小塚の裁判以降も、特に新しい脅迫状が届いたりはしていないか?」

「……脅迫状?」

弓瀬の問いかけに、例の写真を送りつけられた件は当然思いだしたが「脅迫状」という言葉とうまくつなげられずに藤野辺は目を瞠《みは》った。

あの写真が、なんらかの警告や脅迫の意志を持つものであることは容易に想像ができるが、かといって具体的に何かを要求されたことはない。それを、脅迫状と言い切った弓瀬に違和感を覚えたのだ。

弓瀬自身、口に出してからそのことに思い至ったのだろう、わざとらしい咳払《せきばら》いを一つすると、言葉を代えて同じ質問を繰り返した。

「いや、違った。例の……ほら、お前と二人でいた写真。あれ以来、似たようなものは届いてないか？」

「あればすぐにお前に連絡してやると言ったやろ。信じてないんか」

「いや、信じてるよ。何もないなら、何よりだ」

「……お前こそ、ほんまにその心当たり打ち明ける気あるんやろな」

「ああ。とにかく状況が悪化しない以上は、正木さんの裁判に集中したいからな。悪いな、無理言って」

まったくや、と言いかけて藤野辺はやめた。

弓瀬の瞳が、申し訳なさそうに揺れるのを見てしまうと、皮肉も罵倒《ばとう》もあっと言う間になりを潜めてしまう。

その代わり、これみよがしな重たい溜息《ためいき》を吐《つ》いて、藤野辺はメガネのブリッジを押し上げる。

「お前のことや、裁判に私情挟んだり、大事なこと隠したりするような奴やないと信じとるで」

「おっと……」

「ん？」

メガネから指を離し再び弓瀬を見ると、意味ありげな渋面がまじまじと藤野辺を眺めていた。

「そういうことは、法廷の外で言ってくれよ」

「なんで？」

「プライベートなら、心置きなくときめけるからな」

「……あほ！」

狭い法廷に、藤野辺の暴言だけが響きわたる。それまで内緒話らしくささやくような声音だったせいで、傍聴席の人々には藤野辺だけがひどいことを言っているように見えたに違いない。

幸先の悪いスタートだ。

しかし、そんな内緒話を終え、いざ開廷してしまえば審理はスムーズに進んでいった。

今日は、弁護側である弓瀬による、正木への尋問が作業の中心となっている。

事件当日の予定は。小塚からなんと言って誘われたか。なんの酒を何杯飲んだか。事件に関係なさそうなことでも弓瀬は質問し、すべて答えてもらう。そうしてその日の正木の行動が一問一答により浮き彫りになってゆくにつれ、藤野辺は前回の公判とは明らかに違う空気を感じ取った。

何よりまず、正木の態度がいい。

開きなおりすぎず、かといって前回ほど臆病《おくびょう》でもなく、返事は明確だが気の小ささが端端にある。積み重なる彼の言葉と態度が、彼が臆病であったがゆえに被害者が重篤な状態であることに気づけないほど動転していたという説得力に繋《つな》がっていく。

正木に被害者の保護責任があったか否か。

それを判断する裁判官への訴えかけとしてはなかなかのものだ。

時折視線を泳がせながら、それでも質問に丁寧に答える正木に向きあう弓瀬は、一度たりとも藤野辺の様子を探ることもなく、哀れっぽいアピールを裁判官にすることもない。

そもそも、裁判で行われるやりとりは、被告人にしろ証人にしろ、たいていの場合何度も入念な事前練習がなされているものだ。

正木のように特別臆病な性格でなくとも、一般市民には馴染《なじ》みのない法廷で堂々と言うべきことを言い、答えるべきを答えられる人間などそうそういない。逆に、注目とプレッシャーの中でこそ饒舌《じょうぜつ》になるものもいるが、それはそれで、辻褄《つじつま》のあわないことや、言わないほうがいいこととの判断がはっきりつくとも限らないので歓迎できるものではない。

前回、そして前々回の正木の公判も、当然弓瀬は入念に打ちあわせをしていたはずだ。特に、正木のように、いざ証言しなければならないときになって、頭が真っ白になってパニックになるかもしれないタイプには、それこそ舞台のリハーサルかのような反復練習を行ったに違いない。

だからこそ、あえての藤野辺のきつい物言いや言葉選びは、台本通りにふるまおうとした正木にプレッシャーを与え、わずかな余裕を突き崩す役に立ったはずなのだ。

だが、三度目ともなると、さしもの正木もだいぶ落ちついてきたようだ。

きっと、弓瀬が献身的にアドバイスをし、地道に尋問の練習を繰り返していたのだろう。

最初の頃、正木が無罪を勝ち取ろうとしていることを図々しいと思っていた藤野辺だが、今では弓瀬が弁護したい気持ちがわからないでもない。

確かに、正木には罪と向きあう余裕が、必要なのかもしれない……。

一切の異議を挟まず、藤野辺は正木と弓瀬の息遣いの変化さえ見逃さない、とでもいうかのように、尋問を見守った。

弓瀬の尋問は長かった。

細部にわたる丁寧な尋問には、目に見える気遣いはないものの、正木の正確な返答によって浮彫りになる「そもそも事件は不幸な巡りあわせによるものだった」という諦観《ていかん》にも似た空気を生み出すことには成功している。

その空気をたっぷりと肌で感じ、藤野辺はつい、またガラガラの傍聴席に視線をやってしまった。

そして、弓瀬の尋問が終わると、判事の言葉もほとんど待たずに立ち上がった。

「正木被告、お疲れ様でした。続いて、私からの質問に答えてもらいます」

丁寧な口調は、しかし粘つくような方言混じりのイントネーションで、もはやその方言そのものが苦手になってしまったかのように、正木がこわごわと藤野辺を見つめてきた。だが、見つめてくるだけまだましだ。今までは、自分の手元しか目のやり場がないほど怯《おび》えていたのだから。

「正木被告、今回の件では、一貫して『小塚亮《りょう》とは友人関係だが、あまりつきあいたい相手ではなかった。遊びや酒に誘われるのも、怖くて断れないだけで、迷惑してた』とおっしゃってますが、間違いありませんか」

正木は、不安げな顔をしてうなずきそうになったが、自分の態度に気づいたらしく、慌てて姿勢をただすと「はい」と声に出して返事をした。

やはり、ささいな返事の仕方や態度一つとっても、弓瀬のテコ入れが感じられる。

だが、イメージ戦略に細かいのは弓瀬だけではない。とばかりに、藤野辺は三枝《さえぐさ》とともに準備した資料を手にした。

裁判が始まる前、検察側の新たな証拠物件として提出したのは、なんのことはない、ただのレシートだ。

その内訳がいくつも羅列された書類を見ながら、藤野辺はいつもと違い少し改まった、冷たい口調で続けた。

「裁判長、今回新たに提出した四十八枚のレシートは、小塚亮の支払い領収書です。平成二十五年四月三日、クラブマリアナ、同三月三十日、ソープランドエンゼルキス、カフェ・にーはおにゃんにゃん。同三月……」

淡々と、領収書の発行店名が述べられていくあいだ、弓瀬は不思議そうな顔をしていた。

裁判官も、静かに話の続きを待っている。そして正木も、いつものように怯えることなく、ただ怪訝《けげん》な表情で藤野辺を見つめているだけだった。

しかし、次々と羅列される日付か、それとも店名か、どちらにせよ藤野辺が読み上げるものの正体に、ついに正木は気づいたようだ。

怪訝そうだった表情が、ゆるゆると蒼白《そうはく》になっていき、その視線が定まらなくなっていく。

そして、その正木の変化に、弓瀬もまた顔色を失っていくのが見えた。

正木が、震えている。

今までのおどおどした態度とはまったく違う、あれは、やましいものをつきつけられた人間の、薄汚い恐怖に彩られた姿だ。その瞳は、弓瀬に救いを求めるどころか、どこに視線を泳がせても、弓瀬とだけは目をあわせまいとしているようだった。

冷静に資料を読み上げる藤野辺の神経が、きりきりと締めつけられる。まさか、正木はこの領収書の正体を弓瀬に打ち明けていなかったのか……。

「我々が確認できたものは以上ですけど、正木被告、小塚氏に誘われた際、必ずこれらの店で小塚氏に代金を払ってもらっていたそうですね」

藤野辺の言葉が弓瀬の知らなかったらしい真実を連ねるあいだも、弓瀬はひたすら正木を見つめている。

その驚愕《きょうがく》の視線に、藤野辺はじわじわと、苦いものがこみ上げてくるのを感じていた。

「小塚氏はいわゆる親分肌で、手持ちの金は片端から、引きつれてる若いもんに奢《おご》ったりするのに使ってたそうですね。正木被告も、えらい恩恵受けてたそうやないですか」

追い詰める。

小塚のような知人がいたがために、怒らせては何をされるか、と怯えてずるずるとつきあいを続けてしまった。そんな弱く哀れな草食動物の皮をかぶった正木を、じりじりと崖《がけ》っぷちへ。

「食事も風俗も、その上競馬の賭け金まで、小塚氏と一緒のときは小塚氏が調子よう払ってくれてたと多数証言もありますが、事実ですか」

藤野辺は畳みかけた。しばらくおいて裁判長も「被告人、答えてください」と声を発した。

だが、正木は小塚よりも恐ろしいものに出会ったかのような顔をして、背を丸めた格好で唇を震わせている。

正木の横顔を見ていればわかる。

彼は、小塚がホームレスに暴行を加えているときもあんな横顔をしていたのだろう。黙って、何も思いつかず、誰か助けてくれないかと寄る辺《べ》のないことを考えながら、嵐が過ぎるのを待っている顔。

だが、今正木よりもひどい顔をしている者がいた。

弓瀬だ。

いつもなら、正木を追い詰めすぎないよう、こまめに異議を挟んでいた弓瀬が、その余裕もないのか、ただ震える正木を凝視している。

怒っているようでもあり、泣いているようでもあり、そのくせ何の感情も浮かんでいないようでもある。そんな不可解な表情に、藤野辺は正木が都合のいい話しか弓瀬にしていなかったのだろうことを確信した。

あれほど真摯《しんし》に尽くし、全力で戦ってくれている弁護士を相手に、何を恐れたのかは知らないが、すべてを打ち明けずに正木は今までやってきたのだ。

反吐《へど》が出そうだった。

「正木被告、えらい美味《おい》しい思いして、それやのに小塚から遊びに誘われるのはそんなに迷惑してはったんですか」

「裁判長、美味しい思いというのは、検察官の主観でしかありません」

ようやく、弓瀬がそれだけ言ったが、正木はいつものすがるような目で弁護人を見たりはしなかった。

今きっと、正木にとって最大の恐怖の相手は、秘密を暴く藤野辺でも、運命の鍵を握る裁判官でもなく、弓瀬なのだろう。

もう力になってもらえないかもしれない。軽蔑《けいべつ》されるかもしれない。

そんな、この期《ご》に及んでどうでもいい煩悶に溺れているに違いないと思うと、ふつふつと藤野辺の中にこみ上げた苦いものが煮えたぎる。

結局、残る領収書の中身を読み上げ、つつきたかった点を、刃物のような言葉選びでつついてやったが、正木はこの時間が終わるのを待つことを選んだらしく、何一つ彼から答えを聞けないまま藤野辺の予定の質問は終了した。

たまらなくなって、藤野辺は飽きもせずに震える正木に尋ねた。

「正木被告、ちょっと後ろご覧になっていただけますか。傍聴席の前列、誰かおりはります?」

「い、え……誰も」

前列席には正木の親族らが座っていたが、藤野辺が指し示したのはその反対側だった。正木は蒼白な顔をしてあるがままを答える。

激昂《げっこう》する心とは裏腹に、藤野辺の声音はひどく静かだ。

「こういう事件やと、そのあたりにようおりはるんですよ。被害者のご遺族が」

「……え？」

「家族捨ててホームレスしてた被害者は、遺体の引き取り手もありませんでした。この通り、裁判でも被害者のために傍聴にくる方もおられません。友だちも家族もおらん被害者のために、すすり泣く声も睨みつける目もあらへんままここまできて、まあ肩の軽い話ですな」

あまりの言い様に、さすがに異議が入るかと思ったが、誰も藤野辺の言葉を遮ろうとはしなかった。

「正木さん、一度でも心の底から、ほんまに被害者という人間の一生が潰《つぶ》れたことをよく考えて、申しわけないことしたと思ったこと、あらはりますか？」

今まで、裁判の中身と同様、どこか気の抜けた雰囲気だった傍聴者にさえ、微かな緊張が走ったのを藤野辺は肌に感じた。

しかし、頓着《とんちゃく》せずに藤野辺はただ正木の返事を待つ。

その震えるばかりの唇が開き、どんな情けない声音でもいいから、聞かせて欲しい言葉があったのだ。

視線を感じた。

弓瀬が、じっと正木を見つめている。もう、あのどこか恐ろしげな表情ではなく、何か祈るように。

だが結局、閉廷の宣言がなされるまで、この日正木の言葉を聞くことはできなかった。


苦い。

公判を終えた藤野辺の胸にわだかまる感情はその一言につきた。

正木を糾弾するあいだ、弓瀬の唇は震えていた。

その視線は、藤野辺の強引な尋問にも異議一つ挟まず、ずっと正木を見つめていた……。

弓瀬と法廷で戦うことを夢見ていたが、その結果あんな弓瀬の表情を見ることになるとは、今日まで想像もしていなかった。

苦いものを吐き出すために、喫煙ルームでタバコでも吸うかと、藤野辺は帰り支度を整え法廷をあとにした。

しかし、時間差をつけたつもりが、エレベーター前までくると、数人の関係者にまぎれ、先に法廷を出たはずの弓瀬の横顔を見つけてしまった。見ると、隣にはいつものように正木の姿。

藤野辺は気づかれぬよう、人影に隠れながらその背後を通り抜けることにした。

きっと、弓瀬にとっても正木にとっても、自分は今一番顔を見たくない生き物だろうから。

階段へ向かう途中、藤野辺は一度だけ弓瀬と正木の背中を見た。

会話はない。

いつも、公判が終わるたびに、緊張をほぐしてやるように弓瀬はなにくれとなく励まし、話しかけていたし、正木も何か答えていた。

しかし、今日の二人のあいだには、つつけば爆発してしまいそうな、重たい静けさがあるだけだ。

やりきれなくなって、藤野辺はメガネのブリッジを押し上げた。

苦いのは、何も弓瀬のあんな態度を目の当たりにしたからだけではない。

正木が、藤野辺の最後の質問に答えてくれなかったからだ。

揚げ足を取りたいわけでも、どんな言葉も貶《けな》し倒してやろうと思っていたわけでもない。

ただ、一言でいい、申し訳ないことをしたと思っている、という言葉を聞きたかったのだ。

自分も、そして、きっと弓瀬も。

取り返しのつかないことになってしまった悔恨を、震えるばかりの態度でなく、正木自身が選んだ言葉で聞きたかったのだ……。


弓瀬と待ちあわせたときは、気にせずくぐれたバーの扉が、一人だとやけに入りにくい。

わざわざ、弓瀬が入り浸っているはずのバーの前まで来てもなお、不安げに眉《まゆ》をひそめ藤野辺は名刺の裏にある地図を確認した。

場所も、ビル名も、階数もあっている。

意味もなく五度も六度も同じことを確認したあたりで、馬鹿馬鹿しくなってきて藤野辺はようやく意を決した。

少し、弓瀬の様子を見に来ただけだ。

仕事とプライベートは別、とばかりにいつもの気さくな様子で酒を楽しんでいるならそれでいいし、思い詰めているようなら、気晴らしにつまらない話でも持ちかけてやればいい。

そんなことが、自分にうまくできるかどうかは不明だが……。

そして、もしバーにいなければ、今日一日を良い思い出で締めくくることのできる遊び相手を見つけることができたのだと思おう。

いくつもパターンを思い描きながら、藤野辺はゆっくりとバーの扉を押した。

今日の店内は賑《にぎ》やかな様子だ。

テーブル席を二つ分くっつけた集団は、相変わらず男ばかりだが、いいことがあったのだろう、楽しげに盛り上がっている。

その空気に気おされながらもカウンターのある店の奥に進み、藤野辺は言葉を失った。

弓瀬がいる。

だが、それが弓瀬だと一瞬わからなかった。

どこかの酔いどれのように背中をまるめカウンターに突っ伏す弓瀬の姿は、いつもの颯爽《さっそう》とした雰囲気も明るさもなく、夏の日差しに負けしおれてしまったひまわりのようだ。

手元には、甘党の彼にしては珍しいウィスキーのグラス。そして、一口も減っていないチェイサーが一杯。

「いらっしゃい。また来てくれたんですね」

店主が、弓瀬の前に立ったまま、苦笑を浮かべて藤野辺に声をかけてきた。

静かにうなずきながら、藤野辺はおそるおそる弓瀬に近づく。

思い詰めているくらいの想像はしていたが、酔いつぶれているのは想定外だ。

当の弓瀬は、藤野辺の気配にも店主の声かけにも気づかなかったのか、むくりと起き出すとうめくような声を上げた。

「マスター、あそこの集団うるさいから、店の音楽のボリューム上げてくれ」

たまらず、藤野辺は店に入る直前まで考えていたあらゆる言葉を忘れ、いつものように悪態をついていた。

「なにを無粋なこと言うとるねん。お前の伝染しそうな不景気なオーラ漂わせてる背中ほどうるさないわ」

皮肉まみれの関西弁に、背後にいるのが誰なのか確認するまでもなかったのだろう。

わずらわしげに顔を歪《ゆが》めた弓瀬がすぐに振り返った。唇を開いたかと思うと、何も言わずにその唇を嚙む。

テーブル席は確かに盛り上がっているが、うるさいというほどでもない。

明るい雰囲気は店に入ってきた客にも心地良いだろうに、不景気な空気を醸しだし店の一角を暗くしている弓瀬のだだを捏《こ》ねるような要望に、つい口を挟んでしまった。

同時に不安もあったのだ。

音楽のボリュームを上げれば、自然と人々の声はさらに大きくなるだろう。そんなことを繰り返していて、弁護士がこんなところで揉《も》め事でも起こしたら……。

弓瀬が何も言い返さなかったのは、酔っていても彼自身そのことを理解しているからかもしれない。

その代わりのように、弓瀬は似合わぬ嫌味を垂れ流した。

「なんだ、検事様。裁判がちょっとうまく進んだからって今夜は男漁《おとこあさ》りか？　余裕だな」

「ふん、こない辛気くさい男がへばってる店で、男漁りなんぞろくにでけへんわ」

「じゃあ、俺のことを笑いにきたんだな」

「そんなに暇とちゃう。自意識過剰やで」

ぐっと目をつむり、眉間《みけん》を押さえると、弓瀬は残ったウィスキーを呷《あお》った。

濃いスコッチらしき香りがここまで漂ってくるが、どのくらい飲んだのだろうか。

「荒れるんやったら、家に帰ったらどないや。こんなとこで酔って問題起こしたら、次の公判で正木さんの力になってやられへんで」

「はっ。お優しいじゃないか、法廷で震えてる被告人にも、その半分でいいから優しくしてやったらどうなんだ」

酒臭い息を吐くと、弓瀬は唇を歪めて笑った。

似合わない笑みだ。

「なんや、お前とんだ見かけ倒しやな。パパなんか嫌い～、パパみたいな弁護士になりたくない～、とか言いながら、自分が蹴躓《けつまず》いたら駄々っ子みたいに管巻くんか」

最後の言葉を言い終えるより、弓瀬がスツールを蹴飛ばすほうが早かった。

藤野辺自身が、自分の暴言にしまったと思ったときにはもう、歯を割れそうなほど食いしばり、怒気もあらわな弓瀬が眼前に迫っている。

視界の隅に、固く握られた拳《こぶし》が見えた。

殴られる！

その焦燥感に、藤野辺は咄嗟《とっさ》に横に避《よ》けようとした。

しかし、カウンター席は壁との距離も近くとても狭い。弓瀬が蹴飛ばしたせいで、まだ不安定に揺れていたスツールを、今度は藤野辺の足が蹴飛ばしてしまう。

その上、泥酔しているかと思われた弓瀬もまた、理性は働いていたらしい。なんとか落ちつこうと、藤野辺ではなく壁に向かって拳をぶつけた。

くそ。と一つうめいた弓瀬の前に、示しあわせたようにスツールが転がり込む。

「お、おい弓瀬！」

壁を殴ったせいで少し気が抜けたのか、弓瀬の動きはひどく緩慢で、スツールにぶつかられるがままに二歩後ずさると、カウンターに腰をぶつけた。見るからに力の入っていない両足が折れるようにして地面にくずおれたかと思うと、弓瀬は、カウンターと壁に挟まれた狭いスペースに、ぱたりと倒れ込んでしまったのだった。

「ゆ、弓瀬、弓瀬～？」

動かない。

頭でもぶつけたか、と蒼白で屈《かが》みこんだ藤野辺の耳朶に聞こえてきたのは、か細い寝息の音だった。

懐かしい町並みを抜けてやってきた弓瀬の自宅は、昔のままだった。

小学生の頃、集団登校が同じ班なのでいつも弓瀬の自宅の前を通っていたのだ。変わったのはむしろその周辺で、かつては弓瀬の自宅は町内でも立派な家屋で有名だったが、今は隣にマンションが建ち、はす向かいは真新しい集合住宅になっているせいで、こぢんまりして見える。

人の家の鍵を勝手に開けるのも、人の家を勝手に漁り布団を探すのも躊躇《ちゅうちょ》したが、玄関の三和土《たたき》に弓瀬を転がしたまま帰るのも気が引ける。

こそ泥の気分で最初に開けた扉は、ガレージに続く扉だった。はずれか、と次の扉へ向かう。マンション暮らしばかりの藤野辺に一軒家の構造は理解しがたい。

客間やらトイレやらの扉を開けては踵《きびす》を返し、一階の最後の扉を開くと、そこはリビングになっていた。

広いリビングには革張りのソファーセットと、見るからに高そうな調度品が、お世辞にも趣味がいいとは言いがたい品ぞろえで肩を並べている。

弓瀬の言う「父は拝金主義」の言葉の意味が、ちょっと分かった気がしながら、藤野辺は部屋に足を踏み入れた。

左手にはあまり使っていない様子のダイニングとキッチン。食器棚にはうっすらと埃《ほこり》がたまり、テーブルには無造作に郵便物や新聞が積み上げられている。

父母が離婚した男所帯、そのうえ父もいなくなったとなれば、無人に近い家の中などこんなものかもしれない。

散らかった部屋の冷え冷えとした空気に寂しさを覚えながらあたりを見回すと、リビングの奥にさらにふすまがあった。

和室だろうか。

一階の部屋はここで最後だ。この部屋でも布団が見つからねば、探索先を二階まで広げねばならなくなる。

個室が多いだろう二階に足を踏み入れるのはさすがに気が引けるな、と思いながらふすまを開くと、目の前には畳張りの小さな和室が現れた。

ほっとして、和室の押入れを開くと、ようやく寝具に巡りあえる。

重たい敷き布団と掛け布団を一気に引きずり出し、抱えるようにして来た道を戻ろうとしたときだった。

ふと、視界の端に誰かいたような気がして藤野辺は押入れと反対側の壁を見た。

布団を探すのに夢中で、和室の様子をよく見ていなかったが、ここは仏間らしい。壁面に、黒い大きな仏壇があることに気づき、藤野辺は一瞬肩を竦《すく》ませる。

廊下の電気はつけているが、その光に頼って、リビングも和室も無灯だ。その薄暗い空間で、そして他人の家で、やおら仏壇が現れたことが怖かったわけでは決してない。

と誰にともなく胸のうちで主張しながら、藤野辺は布団を抱えたまま仏壇を覗き込んだ。

扉が解放されたままの仏壇には、一通りの道具が揃えられている。

しかし、ろうそく台は燃え尽きたろうそくの蠟《ろう》にまみれていたし、線香立てには折れた線香の灰が数本積み上げられただけで、リビングの家具同様、黒檀《こくたん》の板は埃に淡く曇っていた。

遺影らしきものは、特に見当たらない。

しかし、何より藤野辺の目を引いたのは、仏壇の真ん中に鎮座する花瓶《かびん》だ。

しおれ、茶色くなり、さらに乾燥しきった百合だったのだろうものが数本差さった花瓶。

いったい、どのくらい長いあいだ、この仏壇はこの姿で放置されていたのだろうか。

父さんみたいな弁護士になる。

そういって目を輝かせていた子供時代の弓瀬の姿が、久しぶりに藤野辺の脳裏に現れた。

ずっと憧《あこが》れていた男に再会できて、藤野辺は嬉しかった。

しかし、弓瀬はずっと憧れていた男を見失ったのだ。もう二度と会えない。

仏壇を眺めるうちに、その現実がじわじわと藤野辺の中に満ちていく。

玄関に戻ると、相変わらず弓瀬は深い眠りの中にいた。

寒いのか、体を丸めるようにして三和土で寝こけるその顔は、眉間に皺《しわ》がぐっと寄り、お世辞にもいい夢をみているだろうとは思えない。

玄関脇の客間に布団を敷き、弓瀬を寝かせてから、藤野辺はすぐに弓瀬宅を辞した。

しかし、タクシーを求めて懐かしい町の夜道を歩くあいだも、さっき見た弓瀬宅のあらゆるものが忘れられず、後ろ髪を引かれるような心地だ。

藤野辺は、弓瀬への憧れを抱《いだ》いていたからこそ今までたくさんのことを頑張ってこれた。

もし、今弓瀬を見失えば、自分はどうなってしまうだろう。

考えるだけで恐ろしくて、なおさら藤野辺は弓瀬が心配になってくる。

もし、自分が弓瀬の恋人なら、もっと彼を支えてやれるのだろうか。もし、自分が弓瀬の親友なら、もっと彼を励ましてやれるのだろうか。もし、自分が……詮《せん》ないことを考えていた藤野辺の前に、住宅街には似合わない賑々しいネオンサインが現れた。

二十四時間と、年中大特価、の文字が彩り豊かに点滅するネオンに囲まれた小さな店は、どうやらスーパーマーケットらしい。

昔、ここには何があったかな、と思い返しながら、ガラス張りの店内を見ると、こんな深夜でも買い物にいそしんでいる客が数人いる。

かつては、コンビニさえなかったのに。

ぼんやりとそんなことを思い出す藤野辺の視線が、スーパーマーケットの入り口に並ぶ商品に吸い寄せられた。

ふらふらと、藤野辺は入り口へ向かう。

百合、リンドウ、小さな菊にカーネーション。無造作にセロファンに包まれた生花が、こちらを見ていた。

確かに、藤野辺は弓瀬の恋人でもないし親友でもない。たまたま、縁が重なり今仲良くしてもらえているが、正木の裁判が終われば連絡なんて取りあわなくなるのだろう。

しかし、何かしてやりたい。

無自覚に弓瀬がくれた優しいものや輝くものを、少しでも返してやりたい。

店内の空調のせいか、大きな百合の花びらがゆらゆらと揺れた。

その揺れに誘われるように、藤野辺はスーパーマーケットへと足を踏み入れたのだった。


「くっそ、これやから男所帯はろくなもんやない。なんやねんこの……茶色いマヨネーズ。酢も胡椒《こしょう》もないのに、なんでマヨネーズだけあるねん」

家中の窓という窓のカーテンを開けると、初冬の美しい日差しが冷え切っていた弓瀬家のリビングを照らし出してくれた。

高そうだが、統一感のない家具や調度品が埃をまとってきらきらと輝き、滑稽《こっけい》だがそれがおもしろくもある。

昼も間近になり、祝日のため学校が休みなのだろう、子供のはしゃいだ声が外から聞こえてくるようになった。だが、それよりも藤野辺の独り言のほうがよっぽどうるさい。

弓瀬の家のキッチンは、かつて三人家族だった……にしてはずいぶん広く、冷蔵庫も大きい。おかげで、布巾《ふきん》一枚、塩一瓶探すのも、どこから手をつければいいものか難儀した。

最初こそ、他人の家のキッチンを勝手に触ることへの躊躇はあったものの、冷蔵庫で賞味期限をとうに過ぎた開封済みのパルメザンチーズが、その姿を緑色に変え鎮座しているのを見つけてからは、廃棄も辞さない心構えだ。

キッチンの掃除から始まりゆうに三時間。リビングの扉が音を立てたとき、藤野辺はもはや客間に寝かせておいた弓瀬の存在さえ忘れてキッチン戸棚の奥にずらりと並んだ得体のしれない物体になりつつある調味料の探索に勤《いそ》しんでいた。

「あ、みりんあった！　よかった、これで照り焼きにでき……なんやこれ……酒と砂糖の塊みたいな液体が、どないしたらこんな腐った物体になるんや……あほとちゃうか」

「藤野辺……、お前、独り言まで一言多いんだな」

風味を損なうことはあっても、ミソもみりんも醤油《しょうゆ》も腐らない。と信じて生きてきた藤野辺は、白い結晶と確実に危険な物体に変化したそれらに衝撃を受けていたが、そこへ、思わぬ返事があって飛び上がらんばかりに驚いてしまった。

振り返ると、キッチンダイニングのテーブル脇に、弓瀬があっけにとられたような顔のまこちらを見下ろしている。

藤野辺は、寝起きで髪が乱れているのを手櫛《てぐし》で直しながら立ち上がった。

キッチン探索に夢中になるあまり、ぼさぼさの髪のまま、しわくちゃになったワイシャツにはネクタイもしていない。

いつもきっちりとした格好を心がけているだけに、無防備な姿を見られるのはやけに恥ずかしい。

しかし、そんな内心はおくびにも出さずに、藤野辺はみりんをゴミ袋に突っ込むと遅い朝の挨拶《あいさつ》をした。

「おはよう。よう寝れたみたいやな。悪いけど、勝手にいろいろ借りとるで」

「それはいいんだが……すまん、どういうわけだ。昨夜、俺が悪かったってことしか覚えてない」

「なんやわかってるんか、ほならええわ」

よくない、と返す弓瀬に背を向け、藤野辺はお玉を手にして鍋をかきまぜた。

弓瀬も、藤野辺と台所を交互に見ていたが、今コンロには鍋が二つ並び、どちらも柔らかな香りの湯気をたてていることに驚いているようだ。シンク脇の水切り籠には、ボウルや包丁が水滴をしたたらせいくつも並んでいる。

何をしていたかは、一目瞭然《いちもくりょうぜん》だろう。

嫌がられるだろうか。料理を作りながらそんな不安はあるものの、それよりも弓瀬家に泊まった言いわけのほうが今は大事だ、と藤野辺は窓の外を見やった。

運よく、明け方に雨が降った。今は晴れているが、未だに庇《ひさし》からしたたる雫《しずく》が雨の名残となって輝いている。

「お前をタクシーに乗せてここまで連れてきたはええけど、布団用意したりしてるうちに、どえらい雨降ってきよってな」

「…………」

「悪いと思いつつ、俺も疲れてたしソファー借りたんや」

「そんな事情なら、布団使ってくれてもよかったのに」

心配そうな言葉をかけられ、藤野辺は振り返った。

弓瀬が、気遣わしげに自分を見つめている。その瞳に、勝手に弓瀬の家を利用したことへの嫌悪の色はない。

安堵《あんど》し、藤野辺は適当に返事をしながらコンロの火を止めた。

「それより、ここの冷蔵庫、黴《かび》生えたチーズくらいしかなかったから、そこの二十四時間スーパーで適当に買《こ》うてきたで。なんでもええから食べ」

「あ、ああ。ありが……」

礼を言いかけた弓瀬が、急に押し黙った。

しかし、藤野辺は野菜たっぷりの味噌汁《みそしる》を漆椀《うるしわん》にそそぐのに夢中だ。

「ふ、藤野辺、あんた自分の家もこんなにきっちり手紙とか並べてるのか……」

そういえば、食事のためにテーブルの上を少し整理した。

テーブルのラインと並行にものを置かねば気がすまない藤野辺の「少し」の整理は、弓瀬の目には大掃除の一環に見えたようだ。

「口も態度も乱暴なのに、変なとこで神経質だな」

「ほっといてんか」

税金の支払い通知を未開封で放置していたような弁護士にとやかく言われたくない。

こちらも、すっかり埃に埋もれていたのを掃除したトレイに、できあがった料理を乗せて藤野辺はテーブルに向かった。

「口にあうもんだけ食べたらええ。ただ、飲みすぎた翌日こそ、栄養は大事やで」

「悪いな、助かるよ。……って、ちょっと待て藤野辺」

「なんや、和食は嫌いか。今からパンケーキでも焼いたろか」

「お前パンケーキなんか作れるのか、その顔と性格で！　い、いや大事なのはそこじゃない、藤野辺、これ全部お前が作ったのか？」

驚愕のためか、弓瀬の声はわずかに引きつっていた。

何か嫌いなものでもあっただろうか。

そわそわしながらも、藤野辺はいつもの態度で皿を並べ、先に席に着いた。

ご飯、出汁巻き卵、わかめの酢の物、野菜のたっぷり入った味噌汁からは香りのよい湯気が立っている。本当は、これだけ作るつもりだったのだが、弓瀬は起きてこないし、キッチン探索しているうちに藤野辺も腹が減った。

昼食も兼ねるのなら、少し品数を増やしてもいいだろう……という言い訳で、単に弓瀬にたくさん手料理を作ってみたかった本音を覆い隠し、藤野辺はさらにあさりとネギの酢味噌和《あ》えやしいたけの山椒《さんしょう》焼《や》きの皿も用意した。

作ってから、はりきりすぎたことに気づきまた恥ずかしくなったが。

まだ夢見てるみたいだ。とぶつぶつつぶやきながら、弓瀬も席につくと箸《はし》を手にする。

「い、いただきます……」

「ん」

弓瀬と向かいあって朝食なんて不思議な気分だ。

弓瀬の箸が、藤野辺自慢のふわふわ出汁《だし》巻き卵に触れるのを見つめる内心は緊張に満ちていたが、そしらぬふりで藤野辺は味噌汁をすする。

「……う、旨《うま》いっ！」

「そりゃそやろ。出来あいの酢味噌やら出汁汁使うたらあとは材料混ぜるだけやからな。栄養バランスを自分でコントロールできるのは、ダイエットの基本や、このくらいの料理やったらまかしとき」

「え？　酢味噌ってスーパーに売ってるもんなのか？」

「お前はスーパーで買い物したことないんか。言うとくけど、レトルトご飯とか、インスタントみそ汁に野菜増やした程度やで。あんまり感心されたら詐欺みたいで落ちつかん」

「ダイエットって食わないイメージだけど、これじゃ逆に食いすぎそうだな」

照れ隠しの嫌味がせりあがってきたが、藤野辺は味噌汁と一緒にそれを飲み下した。

弓瀬はほれぼれするような食べっぷりを見せてくれる。

キャベツや玉ねぎの甘い出汁に満たされた味噌汁を飲み干し、腹をすかせた子供のように夢中で皿を次々に空にしていってくれる。しかし、ふいにその箸先がきゅうりをつまんだところで止まった。

「本当に旨い。なんか生き返るなこれは……昨夜はあんなに落ち込んでたのに、それが馬鹿らしくなるほど旨い」

「なんやそれは。褒めても味噌汁のお代わりくらいしかでえへんで」

妙にしみじみとした物言いに、藤野辺はなんと声をかけていいのかわからずそう言った。

すると、とたんにいつもの人好きのする表情に戻った弓瀬が食いついてくる。

「あるのか」

「あ、ある」

「すまん藤野辺、甘えついでにもう一杯くれ」

「……好きに自分でつがんかい。俺はお前のオカンとちゃうねんで」

まったくだ。とすなおにうなずき、弓瀬は味噌汁をおかわりしてくれた。

「お前はあんまり料理とかせんのか?」

レトルトごはんのパックをもう一つ買ってくるべきだった。

弓瀬の食べっぷりにそんな後悔をしながらの藤野辺の質問に、弓瀬が目を瞬《しばた》かせる。

「ほら、残ってる材料、邪魔やったら持って帰るし、使うんやったら置いて帰るで」

「使わないが、荷物になるならなんだか悪いな。っていうか、いくらかかってるんだこれ」

今にも財布を取りにいかんばかりの弓瀬を藤野辺は引き留めた。

お前のために何かしてやりたかった。なんて、とても言う勇気はないが、その代わりちょうどいい理由がある。

「かまへん。勝手に台所とガスや調味料借りたのは俺や。どのみち落ちついたら、なんか礼せなと思ってたしな」

「礼？」

「乱交パーティー連れだしてくれたやろ。助かったとは言うたが、礼はまだしてへんやないか。かといってなんか奢るのも正木のことがあるしと、つい先延ばしに」

「ああ、懐かしいな。俺だってあのときは抜け出すタイミング探してて助かってんだから、お互い様だろ」

「とっかえひっかえのくせに乱交パーティーは嫌いなんか。お前はなんや派手やさかい、そういう遊びが似合いそうやけどな」

冗談じゃない。と首を振りながら、弓瀬は座りなおす。

「誰かのタレこみで警察の世話にでもなったら困るじゃないか。最近はあの手のも、何かと理由つけて検挙されてるケースがあるだろ」

「お前の取り調べは俺がしたろ」

「全力で有罪にする気だな」

再び箸をとると、弓瀬はしばらくのあいだじっと食べかけの皿を見つめていた。

そして、どこか頼りなげな表情でその箸を持ち上げ、軽く振る。

「これ、父さんの箸だ」

唐突な暴露に、藤野辺は咀嚼《そしゃく》しないまましいたけを飲み込んでしまった。

固形物が喉《のど》を抉るように通り、弓瀬の告白と一緒に重たいしこりとなって胃に落ちる。

「す、すま……」

「謝らないでくれ、言ってみたかっただけだ。高校のときの修学旅行が京都でさ、俺が買ったお土産ものなんだよ」

「高校生が父親に選ぶ土産もんが、京漆器か。優雅な家庭やな」

「ははは、いや、見ての通り成金で……。すなおじゃないし頭ごなしな言い方しかしない威圧的な人だったけど、とにかく親馬鹿で、俺はずいぶん甘やかされてきたよ。貧乏な出で、苦労した人だったから、俺には同じ苦労させたくなかったみたいで」

塗り箸を見つめる弓瀬の瞳には、何度か見せていた父への嫌悪の色はない。

息子の土産ものを、十年にわたり使い続けていたのだとすれば、確かに父親は弓瀬のことをずいぶん可愛がっていたのだろう。

「俺もお父さんっ子で、あの人みたいな弁護士になりたいと思ったし、困ってる人や弱い立場の人を助けられるなんて、ヒーローみたいで格好いいと思ってた」

「さよか……」

「でも、そういう夢ばかり見てると、いつのまにか理想主義になってしまう。大人になって、父さんがけっこうがめつい弁護士だと知ったときは幻滅したよ。そりゃあ馬鹿みたいに文句言ったし、くだらない親子喧嘩してさ」

「そもそも、親父さんの何が、お前の反抗期に火つけたんや？」

「反抗期か……」

言い得て妙だな。とやけに納得した顔をしてみせると、弓瀬は恥ずかしそうに笑った。

「きっかけは、たまたま見た地方ニュースに、父さんが映ったときかな。就労問題で企業を元会社員が訴えてたんだけど、裁判終わってから父さんがインタビュー受けててさ。何のパフォーマンスか知らないけど、その元会社員のことを別件で訴えてやるって息巻いてたんだ」

「あかんのか？」

「……そうだな。本当にその元社員とやらが訴えられるだけのことをしていたのならいいんだろうが、問題の元の裁判自体、司法試験を目前にして将来への夢と期待に胸を膨らませている俺にはちょっとえぐかった」

もう古い話だろうに、今でもその判旨を思い出せるとでも言いたげに苦い顔をすると、弓瀬は口直しのように味噌汁をすすった。

「学生の講義みたいであれやけど、お前、誰が可哀相かで法律問題考えたらあかんやろ」

「耳が痛いな。でもまあ、そういうことだ。俺は弱いほうに感情移入しすぎる。でも父さんは、金払いのいいほうを、少しでも利益多く勝たせようとする。依頼人の利益の割合で報酬が決まるのは仕方ないとして、安い給料で新米弁護士雇って、かきあつめまくった自己破産希望のサラ金客の相手だけをひたすらさせたりするのも嫌いだったなあ」

まあ、崇高な理想を持つに越したことはないか。

と、藤野辺はいつもの調子でつまらない反論をしそうになった唇を引き結ぶ。

ただ少し意外だったのは、弓瀬自身がそういう自分の一面を青臭いと思っている様子であることだ。

一つ咳払いをした弓瀬が、わざとらしい低い声で続けた。

「優道《ゆうどう》、お前は立派なことを言うし、立派なことをしようとする。だから、きっと本当の意味で誰からも頼ってもらえないぜ」

「弓瀬?」

「最期に父さんと食事したときのあの人のセリフだよ。清廉潔白な理想家に、自分の辛さを打ち明ける人間はいても、自分の後ろめたいところを打ち明ける人間はいないってさ」

脳裏に、正木の姿が浮かんだ。きっと弓瀬も同じ横顔を思い出しているのだろう。

たかが、小塚にいつも奢ってもらっていた、というだけのことさえ、後ろめたくて打ち明けることができなかった、あの臆病に震える姿を。

「情けないことを打ち明けると、正木さんのあのレシートの件……知らなかったよ」

「ああ、見てたら一発でわかった。裁判長が溜息ついただけでもビビッてお前にすがる視線よこすような男が、あの話以来一度もお前と目をあわせへんかったからな」

「父さんの言ったとおりだ。俺は結局……都合のいい話しかしてもらえない。どんなに不利になる材料でも、誰もが幻滅する話でも聞かせて欲しいんだが、今の俺じゃとうてい無理みたいだな」

「な、なんやなんや、そない後ろ向きな。似合わんで」

「でも、お前ならわかるだろう？　追いかけても追いつけない背中があるってのは、目標にもなるけど、時々すごいプレッシャーだ。父さんに幻滅したとかいいながら、俺は未だにあの人の百分の一の苦労だって経験できてない……この一年、長いこと俺は前に進む方法さえ忘れてた気がするよ」

相変わらず塗り箸を見つめる弓瀬の瞳が、微かに揺れている。

なんでも持っていて、なんでもできて、誰にでも優しくて元気いっぱい。そんな弓瀬でも、悩んだり立ちすくんだり、懐古の海に溺れ苦しむこともあるのだと、こうして再会できなければ知らないままだっただろう。

ずっといつでも輝く思い出の中の太陽であり続けたに違いない。

けれども現実は、夜もくれば、曇りの日もある。

「……お前は、ひまわりみたいな男やな」

ぽろりと唇からこぼれるような声音に、弓瀬が顔をあげた。

「ひまわりやったら、太陽が沈んだらしょげるのも当然やろ。一年くらいなんや、じきに大事な親父さんとの思い出が、太陽の代わりにキラキラしてくるから、そっち向いて綺麗な花咲かせたらええねん」

「…………」

「お前は、ええ弁護士やと思う。今は頼りなくても、親父さんの思い出があれば大丈夫やろ」

それ以上弓瀬を見ていられず、藤野辺は箸を置いて立ち上がると、空になった食器を重ねはじめた。

自分の放った下手な励ましから目をそらしたかったのか、それとも重苦しい空気を振り払いたかったのか、自分でもわからないままに口を開く。

「と、とにかくあれや。その……花開くには栄養からや。おしるこいるか？」

「……っ、ははは」

「な、なんで笑うんや！」

一瞬の晴れ間にあったように、弓瀬が笑い出したのを見て藤野辺は真っ赤になった。

「お前は、優しい奴だなあ～。あっははは」

だが、箸を持ったままの手で口元を押さえ、涙まで浮かべて笑う弓瀬の続く言葉に、さらにその赤みを耳まで広げるはめになるのだった。


「え、そうなん？」

「ああそうだぞ。基本的に、友達とかに愚痴こぼしたり、悩みごと話したりってのはあんまりしないいな。お助けマン気取ってると、実は打たれ弱いってのがばれて幻滅されるのが怖くてさ」

レトルトのおしるこまで完食した弓瀬は、今シンクの前に立ち皿洗いの最中だ。

夕べのままのシャツ姿は、腕まくりとエプロンのせいでいつもと違う魅力がある。

その後ろ姿を横目に見ながら、藤野辺はというとスーパーの大袋二つ分の材料を選り分けているところだ。

料理はさっぱり。という弓瀬の申告に従い、生ものは自分で持って帰ることにする。だが、豆腐やカマボコは置いて帰ろう。

そのうち、食材を冷蔵庫で腐らせていないだろうな、なんてこちらから電話をかける口実になるかもしれない。

夕べと比べれば随分立ち直った様子の弓瀬は、おしるこを食べたあとも、一緒に後片付けをしながらいろんな話を聞かせてくれた。

「会っても、楽しい話をする自信もなきゃ、何か頼られても応じてやれる精神状態でもなかったから、そもそも最近友達とは会ってないよ。こういうとき、忙しいっていう言葉のありがたみを感じるな」

「なんや、意外……。困ったときとか寂しいときに、連絡する相手ぎょうさんおりすぎて困るくらいかと思うてたわ」

「ははは。さっきも、父さんの話しだしたら止まらなくなって、自分でびっくりしたくらいだぞ。あんな暗い話、人にするもんじゃないと思ってたから、今その……恥ずかしいし、申し訳ないよ」

台所の水音に紛れて聞こえてきた本音に、藤野辺はくすりと笑う。

いつも悠々としている男の照れた様子がなんだか可愛い。

「さよか、ほな忘れたるわ。代わりに、俺の臭い励ましも忘れてくれ。ああいうの、恥ずかしいもんやな」

「確かに。でも忘れたら俺、何度でもお前に同じ愚痴こぼしそうだ」

「嫌やわあ。検事やめて弁護士なって、お前からの相談料だけで食べていけそうやな」

「馬鹿」

昨日までは冷え切っていた弓瀬の家に、笑い声が響き渡る。

長らくまともに帰っていなかったのだろうこの家で、弓瀬が楽しげにしていることが藤野辺も嬉しかった。

だが、その談笑がふいに電子音にさえぎられた。

ピンポン、というドアホンの音に、藤野辺はおそるおそる廊下の近くに設置されている受話器に近寄る。テレビ付きのドアホンのようだが、これも家を放ったらかしにしていた弊害か、来訪者の顔が映るはずの小さな画面は真っ暗なままだ。

手が濡れているだろう弓瀬に、代わりにドアホンに応じていいか尋ねようとしたその矢先、鋭い声が藤野辺を制した。

「近寄るな藤野辺。出なくていい」

強い声音に驚いていると、また部屋にドアホンの音が響く。

その音をかき消したいかのように、弓瀬が乱暴な皿洗いの音を立てた。

おずおずと弓瀬の傍らに立つと、跳ねた水がコンロまで広がっている。

「父さんが死んだから実家に戻ってきただけで、それまでは一人暮らしだったんだ」

「その上、実家に戻ってからも、服を取りにくる以外ほとんど帰ってこなかったから、うちに用事のある奴なんかいないはずだよ。きっと新聞かセールスだ」

「そ、そうなん？」

そんなものだろうか。

疑問は湧いたが、しかし突然の来訪者よりもよほど気になるものが眼下に広がっていたせいで、藤野辺はついドアホンのことを脇に置いて眉をしかめた。

「ところで弓瀬、お前何を、器に残っただし汁の中にスポンジ浸しとるんや」

「何って、皿洗ってるんじゃないか」

「……一人暮らしとやらは、何日したんや」

「なんで日数なんだよ。おかしなやつだなあ。六、七年はしたと思うぞ」

「おかしいのはお前やあほ！　どあほ！　貸してみ、皿洗いは泡まみれにしたスポンジで水を弾《はじ》き飛ばしながら、残飯混ぜる作業やない！」

「す、すまん。家事は苦手でな」

気まずそうに頭を掻く弓瀬からスポンジを奪い取り、藤野辺は次々に皿をぴかぴかにしていった。

あの弓瀬にも、出来ないことはあったということか。

かつてバーで、洗濯してくれる人まで欲しがっていた理由もだいたい予想がついてきた。

「お前、まさか炊事洗濯でけへんから、家帰らんと外で遊びほうけてたんとちゃうやろな」

「ち、違う違う！　情けないついでに告白するが、俺はけっこう一途なほうなんだぞ？　ただその……寂しくて」

「浮気もんの言い訳みたいやで」

「や、やめろ。でも、仕事が楽しくて、週末にたまにあのバーでのんびり過ごす程度だったのに、この一年入り浸りで、マスターや常連客にも心配かけてるんだろうな……」

「そのうえ、カルアミルクにチョコレートやしな」

「あれは最高の組みあわせだぞ。チョコレートパフェにホットチョコレートをかけるのと同じくらい最高の組みあわせだ。今度試してみろよ」

「やかましいわ、この砂糖筋肉！」

誰が試すか。と反駁《はんばく》しながらも、藤野辺の心は浮き立っていた。

とっかえひっかえ野郎……なんて悪態をついて、弓瀬の遊び人ぶりにショックを受けていたが、どうやら一過性のもののようだ。

いやしかし……。皿を洗いながら今度は青くなる。

雨の夜、弓瀬と最後までしてしまったが、結局あれは、弓瀬が落ちついて遊び人を卒業するころには、忘れてしまいたい黒歴史になったりするのだろうか。

恋なんてしていなければ、弓瀬の言葉にこんなにも一喜一憂しなくてもすむのに。

いっそ恨めしい気分でちらりと目線だけ横にやると、弓瀬が皿を拭《ふ》いていた。

さすが家事音痴の皿拭きは一味違う。洗いたての皿がなぜか汚れていく現実を目の当たりにして、何も言えないでいる藤野辺に、弓瀬は少しぎこちない口調で問いかけてきた。

「そういうお前はどうなんだ。例の、ボールペンの男」

「へ？」

「いや、遊ぶくらいなら、ボールペンの男にアタックすればいいのにと思ってさ。相手、ノンケか何かなのか？」

「………」

「まあ、世の中そんなもんか」

藤野辺の沈黙に、ノンケだと勝手に解釈したらしい。

同じようにして弓瀬もしばらく黙っていたが、また口を開いた。

「これからもずっと、お前にとっての太陽はそいつだけなのか？」

弓瀬の問いかけに、藤野辺の中に真実を告げようかという誘惑はもちろん湧いた。

がむしゃらに弓瀬の背中を追ってきた十数年。

ダイエットに成功するたび、言いたいことを言えるたび、新しい知識が身につくたびに、藤野辺は自信を手に入れてきた。だが、これでもう大丈夫、と思えたことはない。

胸の奥底に、一生いなくなることはないだろう昔のままの自分がいるのだ。

お前のことや。

そう、一言告げるだけでいいのに、ほの暗い過去から、臆病で卑屈な自分が顔を覗かせる。

シンクを一枚の葉が流れるのを見て、藤野辺は我に返った。

夕べ、スーパーで一番最初に手にとった百合の花束。

すっかり枯れていた仏花を捨て、新しい花束を活けるときに根元を切り揃えたのだが、そのときの葉の切れ端が、シンクにへばりついていたのだろう。

仏間に黙って活けた百合の花を思いだし、藤野辺は勇気を出すのは今でなくていいではないか、と自分に言い聞かせた。

正木との問題を抱え、今もなお自分のこれからの道をどうしようかと悩む弓瀬に、余計なことを言う必要はない。

臆病風に吹かれ、よりによって弓瀬の父を、自分への言いわけに使っていることに情けなさを覚えながらも、藤野辺はこれだけは言っておかねばと弓瀬と視線をあわせた。

「せやな、いつもめっちゃ眩《まぶ》しいわ。きらきらしとる」

「…………」

「ひまわりみたいにな、大きくて明るくてまっすぐやねん。これからも、ずっとそうやと思うで」

ぞっこんだな。だとかなんだとか、からかわれるかと思ったが、弓瀬は少し寂しそうに眉を寄せて唇を開いた。

「そうか、大事にしろよ」

「……ああ。そうさせてもらうわ」

好きという気持ち一つうまくコントロールできない。

検事バッジをひとたび外せば、自分は本当に何もできない頃のままだと思えてきて、恥ずかしくなって藤野辺は視線をシンクに流れる葉へ落としたのだった。


その日、地方裁判所二階廊下は大勢の人が行き交っていた。

正木と違い、本日結審……つまり裁判の完結を迎えた小塚の公判は、傍聴席がほぼ満員で、閉廷直後の今、傍聴マニアや社会見学にでも来ていたらしい学生の群れが、映画でも見終えたような顔をしてぞろぞろと法廷を後にする姿が目立つ。

その波をやりすごし、いつものように階段で一階まで降りると、藤野辺はすぐに喫煙コーナーに向かう。気分のいい公判ではなかったので、一服したかったのだが、そんな藤野辺を、背後から呼び止めるものがあった。

「藤野辺も見に来てたのか」

振り返ると、弓瀬が大股で近づいてくるところだ。

やはり、弓瀬はスーツの襟《えり》にひまわりの徽章《きしょう》をつけ、堂々としている姿が一番似合う。そんなときめきを覚えながら、藤野辺はつとめてそっけなく応じた。

「お前こそ、わざわざご苦労なことやな」

「あんたに会えたんだから、来た甲斐《かい》があったよ。小塚は最後まであの態度だ、実刑判決が出たとはいえ、やっぱり見ていて気分のいいもんじゃないからな」

反省を見せないどころか、懲役をバカンス程度にしか思っていなさそうだった小塚の様子を思い出したのか、弓瀬は苦笑いを浮かべて頭をかいた。

弓瀬のそれはリップサービスにしても、藤野辺も小塚の判決を聞いたあと、弓瀬に会えたのはタバコよりもよほどいい口直しになりそうだ。

いずれ釈放されれば、また同じことをするだろう。

と思わせる被告人を見ているのは、検事としてひどく気が重たくなる。

「まあ、せいぜい小塚は正木を逆恨みするどころか、一緒におったんも忘れてそうやと伝えて、安心させたり」

「その必要はない。一緒に来たから」

少し驚いて、藤野辺は弓瀬が親指で指し示した方角に視線をやった。

なるほど、人混《ひとご》みの向こうにトイレの表示。

「久しぶりに小塚と目があって、びびって漏らしたんか」

「人の生理現象になんて言いぐさだ……。でもまあ、あんなに更生の余地のなさそうな男が相手じゃ、漏らしたくもなるだろう」

「ほう……てっきりおまえは、どんな悪党でも心を砕いて接すれば更生するとか言い出すタイプかと思うてたわ」

「そこまで夢は見てないよ」

「正木とは、ちゃんと落とし前つけたんか？」

「ああ。まだ前途多難だろうけど、あの人が被害者に本当に申し訳なく思っていることは再確認できたから、俺はそれでいいんだよ。あとは、時間をかけてもう一度信頼関係を作り上げていくしかないっていうか……お前が落とし前って言うと死人が出てそうだな」

困ったように笑うと、弓瀬はちらりとトイレのほうへ視線をやった。

まだ正木は戻ってきそうにない。

それを確認したのか、弓瀬は急に畏《かしこ》まったように真面目な顔をするとこちらに向きなおった。

「藤野辺、こないだはありがとう」

「な、なんやなんや改まって。知らんで、俺が腹減ったから、台所勝手に借りただけや」

「いや、父さんに花を活けてくれただろ。今朝、百合のつぼみが全部咲いたから、リビングまでいい香りがしてるよ」

藤野辺は押し黙った。

花に気づいてくれたことよりも、弓瀬の言葉に、少なくとも夕べは家に帰っていたのだと知り、それが嬉しかったのだ。

「お前の花のおかげで、久しぶりに昔のことをいろいろ思い出したんだ。弁護士になりたいと思ったときの気持ちとか、実際なれたときの、なにもかも輝いて見えたときのこととか」

「さ、さよか。まあ、スーパーの安い花やけど、邪魔やないなら何よりや……」

まっすぐ向けられる眼差《まなざ》しが温かい。

それが落ちつかなくて、藤野辺は視線を泳がせた。

だが、弓瀬の中には、視線をそらされてもなお、言わずにはいられない言葉がまだ溢れているらしい。

「弁護士が助ける相手はいろいろだけど、俺は正木さんみたいに、自分に降り懸かった苦難をなんとか乗り越えようとしている人の力になりたかったんだ。また、別の事件でお前と戦う日が来るときに備えて、これからも頑張るよ」

「……お前は、正木に甘いなあ」

「甘やかされたほうがちゃんとする人間もいる。ただまあ、俺はもう少し人を見る目を養わないとな、とも思ってるけどな」

正木を助けたい気持ちに変わりはなくても、彼に隠し事をされていたのは応《こた》えたらしい。

バーで酔いつぶれていたときと違い、今日は朗らかにそのことを笑い飛ばすと、恥ずかしそうに頭を掻いた。肘を上げたせいで、弓瀬のスーツの襟がずれ、ひまわりの徽章がきらりと光る。

それを、眩しい心地で藤野辺は見つめていた。

「あんまり頑張ったら、こっちが苦労させられるねんからほどほどにしてや」

「馬鹿。藤野辺のおかげで、弁護士としての自分を見つめ直せたんだから、すなおにいつもみたいに『俺のおかげや』とか言って威張ってりゃいいのに」

弓瀬が声をたてて笑う。

言葉の一つ一つがきらきらとした粒子になって藤野辺の恋心に吸い込まれていく。好きだという気持ちが膨らんでいく。

きっと、今自分は真っ赤になっているだろう。

弓瀬の言葉が嬉しい。でも恥ずかしい。

そんな浮かれた心地を隠すのに躍起になって、つまらない失言をしそうだと怖くなったところへ、忘れかけていた男の声が割り込んできた。

「弓瀬先生、お待たせしてすみません」

滑舌のはっきりしない、高い声音。はっとして傍らを見ると、正木がトイレから戻ってくるところだった。

しわくちゃのハンカチで自分の手を拭きながら、藤野辺と目があうとぎょっとしたように一度立ち止まる。

「どうも」

「あ、はい。こんにちは」

声をかけると、正木はそのまま首がもげて落ちそうなほどうつむき、ぼそぼそと返事をしてくれた。

潮時だ。

早くこの場を去ってクールダウンせねば、午後の仕事に差し障る。

「ほな、失礼するわ。弓瀬、その……なんや、今の話……ずっと覚えとるからな」

「ああ、頼む。また馬鹿やってたら、旨いもん食わせて慰めてくれ」

「あほ、そのまえに六法全書でどつきまわすわ」

「馬鹿、殺傷能力が高すぎるだろ、その鈍器」

人の気も知らずに、相変わらず笑う弓瀬にも別れを告げ、踵を返そうとしたときだった。

じっと地面を見つめて黙りこくっていた正木が、顔をあげたことに気づいて藤野辺は立ち止まる。

「あのっ……」

弓瀬ではなく、明らかに自分に声をかけている正木に、藤野辺は何を言い出すのかまるで

想像がつかず、剣呑《けんのん》な表情で見つめ返した。

弓瀬も、笑みを驚愕の表情に変え正木を見ている。

「あの、すみません。あの……次の、公判もよろしくおねがいします」

「………」

正木の下手な会釈は、いつものようにただうつむいているだけかのようだ。

しかし、指が白くなるほど彼自身のズボンをつかんでいる拳に、正木の緊張が伝わってくる。

弓瀬が、正木を信じているといった言葉が耳に蘇《よみがえ》った。

小塚と違い、正木の裁判は少し長引いているが、いつか彼から、聞きたかった言葉を聞けるかもしれない。

藤野辺でさえ、そんな期待が胸に浮かび始める。

「ええ……いつまでも落ちつかんでしょうけど、次も頑張ってください」

「は、はい」

顔をあげた正木と、視線がかちあう。

彼と、こんな風にちゃんと視線を交わすのは初めてかもしれない。

じっと見つめる藤野辺に、正木はいつものように少し怖《お》じ気《け》づいたようだったが、藤野辺は確かに、正木を通して弓瀬の夢を、信念を見た気がした。

「藤野辺さんって、ゲイだったんですか？」

お茶淹《い》れますね、と言ってくれるときと変わらぬ笑顔で三枝がそんな質問をしてきたのは、小塚の裁判が終わり数日たったある日のことだった。

事務作業中の沈黙を破った突然のうしろめたい話に、もう少しで悲鳴をあげるところだった藤野辺は、しかし読んでいた新しい供述調書から顔をあげずにいつもの表情のまま答える。

「なんですか、検察庁独身男ゲイ疑惑一斉内実捜査でも命じられたんですか」

「まさか、私は高学歴で引く手あまたの検察官とか判事とか弁護士は、誰も彼も女運に見放され独身のままでいてくれたらいいなと思っている派閥なので、たとえ命じられてもそんな捜査しませんよ」

「宗教画の天使みたいな微笑《ほほえ》みで、どえらい醜いこと言いはりますね……」

「すみません、飢えてるもので」

どこまで冗談かわからない。いや、十割本気では、と不安になる藤野辺に、三枝は一通の封筒を持ってきてくれた。

茶色い、藤野辺宛てであること以外なにも書いていない封筒。

脳味噌の奥底で、すっかり埃を被《かぶ》って眠っていた記憶が呼び覚まされ、藤野辺は慌ててその封筒の中身を取り出した。

「すみません、藤野辺さんが席をはずされてるときに届いたので、もう中身は確認させていただきました」

「そういう約束でしたからけっこうですよ。また写真かいな……って、なんやこれ」

封筒の中には、また写真が一枚あるきりだった。

二度目とはいえ、やはりその内容にぞっとする。

写真に映し出されるのは、大通りでタクシーを拾った藤野辺の姿だ。時刻は夜。肩に弓瀬をもたせかけ、タクシーに押し込もうとする様子は、弓瀬があの街で酔いつぶれた日にほかならない。

誰かがどこかで見ていたのだ。

「私、てっきり藤野辺さんが弓瀬弁護士を闇討ちして遺棄しに向かうシーンを撮られてしまったのかとびっくりしたんですけど、今回は裏にメッセージが書いてあったんですよ。おかげで誤解が解けました」

「弓瀬弁護士埋めるより先に、三枝さんどっかに埋めたほうが心が平和になりそうですわ……しかし、裏にメッセージて、便箋ケチっとるんやろか」

裏面のメッセージはわずか二行。

――ゲイだとばらされたくなければ、正木からパスワードを聞き出せ。

——パスワードと言えば、それだけで正木には通じる。

なるほど、三枝があんな疑問を呈したわけがわかった。

「三枝さん、これゲイカップルの写真に見えますか」

「見えてたら、闇討ちなんて誤解しませんよ」

物騒な誤解はともかく、三枝のどこか小馬鹿にしたような口調が、この写真の送り主に対するものだということは伝わってきた。

確かに、保守的で閉鎖的なこの検察界で、同性愛者であるとばれては生きにくい。だが同時に、民間のささいなクレームから起訴関係者からの圧力まで受け取る検察官仲間たちが、この程度の脅迫写真で、脅迫主の望み通り藤野辺に偏見を持ってくれるとはとても思えなかった。

強いていえば、背景から場所を特定され、近くに同性愛者のたまり場があると知れては疑惑の目を向けられてしまうかもしれないが……そもそも、写真の場所の特定をわざわざせねばならない要素も、この写真とメッセージからは窺《うかが》い知れない。

脅迫そのものは神経に障るのに、かといって実質的に藤野辺を傷つける力を持たないため、中途半端な印象だ。

「正木さんお呼びして、取り調べでもしますか？」

三枝のもっともな提案に、藤野辺は迷った。

仏心なんて自分には似合わないが、しかし正木には、次の裁判に集中させてやりたいという気持ちがある。

それに……この程度の写真で藤野辺は自分の地位を脅かされるとは思わぬだけの肝の太さがあるが、同じことを弓瀬がされてはどうかわからない。

弁護士は弁護士で、協会もあるし横のつながりもある。

検察官は仕事が独立しており異動も多いが、弁護士は大多数が地域密着型だ。気になる人目もあるだろうし、誰かに恨まれていれば、この程度の写真だって弓瀬の足を引っ張る材料になるかもしれない。

いや、そもそも弓瀬はこの写真に心当たりがあったのだから、すでに誰かから嫌がらせを受けているのではないだろうか。

そう思うと、急に心配になってきた。

携帯電話を取り出し、電話帳の中から、事務所ではなく弓瀬自身の携帯電話の番号を探しだす。

「先に、弓瀬弁護士に連絡しますわ。そろそろ、向こうにも口割ってもらいましょか」

三枝の反論がないのを良いことに、藤野辺は発信ボタンを押す。呼び出し音が三度ほど鳴ったところで、弓瀬が出た。

『藤野辺……？　どうしたんだ、こんなタイミングで』

「なんや、たてこんどるんか」

『いいや』

もう一度、どうしたんだ、と尋ねてくる弓瀬の声は、いつもより静かだった。電話口のせいだろうか。

不思議に思いながらも、藤野辺は今日届いた郵便物の話を切り出す。

わずか二行の脅迫文と写真の内容は、弓瀬の「心当たり」を煽《あお》るのに十分な威力を持っていたらしく、静かだった電話の向こうが急に色めきたつ。

『おい、そっちは大丈夫なのか藤野辺。検察庁の同僚に同じもの届いてたりしてないだろうな。職場の同僚にそんなもの見られたら大事だぞ』

「さあ、どうやろ。まあ、疑惑の目を向けられたところで、たまには同僚と喧嘩いうんも若若しくてええんとちゃうか？」

『……喧嘩に、拳は使うのか？』

「あほ、おまえ拳使わんでどないして喧嘩するんや」

「釘抜きとかペンチとか、いろいろ武器を使ったほうが有利じゃないかという話じゃありませんか？」

「ああ、なるほど。確かに松原《まつばら》検事あたりと喧嘩になったらレンチのひとつもいりそうやな」

傍らで電話を聴いていた三枝の補足が聞こえたらしく、電話の向こうで弓瀬が「おい、そこ本当に社会の治安を司《つかさど》る検察庁か⁉」と騒いでいるが、藤野辺は気にせず先を続けた。

「どっちにせよ今後の対策について話しあいたい。今日は忙しいんか？　できるだけ早く時間もらいたいんやけど」

『ああ、今日か。今日は……ちょっとばたばたしてるから夜遅くになるが、かまわないか？』

「かまへん。ほなら、俺も片付けたい仕事あるから、下手したら九時過ぎとかになるけど、それでええか？」

『ああ、大丈夫大丈夫。ちょうど事務所の大掃除してるとこなんだ。是非、綺麗になった我が事務所にお越しください検事様』

「掃除？　なんやお前、実家のときみたいに、掃除するふりして汚れ増やしたりしてないやろうな。ほんまに家事でけへんねんから……」

『………』

「な、なんや、ほんまのこと言うただけやん」

『ん？　あ、ああ』

どうにも、今日の弓瀬は要領を得ない。

大丈夫だろうか、と不安になるが、電話の向こうで「弓瀬所長、これ粗大ゴミでいいですか」などという声が聞こえてくるのだから、なにか危ない目にあっている最中というわけでもないはずだ。

結局、弓瀬の事務所で、という話になり、どこか上の空の弓瀬の態度に首をひねりながら電話を切ろうとしたそのときだった。

『なあ、藤野辺。おまえ……例のボールペンの相手のこと、まだ好きなのか？』

「………」

唐突な話題に口ごもっていると、気をきかせたように三枝がそばを離れていく。

受話口の弓瀬の息づかいに耳をすませながら、藤野辺は言葉を選んだ。

「せやな。今でも……大事な人や」

『そうか……』

静かな声が、なぜかかすれて聞こえた。

その後すぐに電話は切れてしまい、脅迫文よりもよほどもやもやとしたわだかまりの中に藤野辺は取り残された。

いったいなんだったのだろうか。

ふと、視線を感じ顔をあげると三枝がじっとこちらを見つめている。

「な、なんですのん？」

「得体の知れない奴に見られているようですし、今夜は気をつけて行ってきてくださいね。

なんなら、帰りに呼び出してくれたら車で迎えにいきますよ」

「どないしたんですか三枝さん、そんな心優しいまともなこと言うて！　また落ちてるもん拾って食べたんやないでしょうね！」

「藤野辺さん、ちょっとトイレに行って、話しあいでもしましょうか……」

今夜はなんとしてでも、弓瀬に心当たりとやらを吐かせねば。

そう決心する藤野辺の胸のうちには、相変わらず弓瀬の力になってやりたいという一途な花がひっそりと咲いているのだった。


夜遅く、オフィス街にはそれなりに窓明かりも見えるし、人もまばらに行き交っているが、週始めのせいか静かな雰囲気だ。

ときおり居酒屋やレストランを見かけるものの、窓から見える店内には空席が目立つ。

駅から、ビルとビルのあいだの細い道を歩きながら藤野辺はつらつらとあの脅迫文について考えていた。

何もかもが中途半端で座りが悪い。

先日、裁判所で正木の変化を目の当たりにすることがなければ、三枝の言うとおり正木を呼び出し絞り上げていただろうほど、癇《かん》に障る脅迫だ。

古いビルの脇に駐車場を見つける。ここまで来れば、弓瀬の事務所はもう目と鼻の先だ。

駐車場の柵《さく》伝いに、いくつも「路上駐車はおやめください」と書かれた標識が並んでいるが、皮肉なことにその標識と標識の隙間に、乗用車が一台停められていた。駐車三十分百五十円という安価設定の看板も虚しく、肝心の駐車場のほうはがら空きだ。

「図々しい奴がおるもんや」

そんな悪態をつき、車の脇を通り過ぎようとしたそのとき、その車の扉の開閉音が夜道に不自然に響きわたる。

誰かがいるとは思ってもみなかったので、悪態が聞こえたのかもしれないと思うとつい藤野辺は振り返ってしまった。

スモーク貼りのサイドウィンドウは夜の街を映し込むばかりで中の様子はうかがえない。

その、わずかに開いた扉の隙間から、ぬっと出てきたものが人の手だと気づいたときにはもう、藤野辺の肘は何者かにわしづかみにされていた。

「う、わっ！」

大きな手に、勢いよく車内に引っ張られ、咄嗟の抵抗さえ間にあわないまま藤野辺はルーフに額をぶつける。ごん、という鈍い音が判断力をかきまわし、一瞬ふらついた体は難なく車の中へと引きずり込まれてしまった。

尻もちをつくような格好で助手席側に倒れ込み、藤野辺は忌々しげにうめき声をこぼす。

「つ、ぅっ……このっ、どこのどいつやっ」

激昂して顔をあげると、目の前に銀色の光が瞬《またた》いた。

怒りよりも大きな薄暗い感情が心臓を揺さぶり、藤野辺はようやく鼻先につきつけられた銀光の正体が、抜き身のナイフだと理解させられる。

短いが、その短さに命を落としたものがいることを、藤野辺は書類の上でいくつも知っていた。

おそるおそる視線をその持ち主にやると、運転席に、ナイフを構えた見知らぬ男が座っている。

「誰やおどれは……」

かすれた声で問いかけると、ようやく肘から大きな手が離れる。そしてその手は、藤野辺の背後で揺れていた車の扉を閉めようとした。

まずい、閉じ込められる。そうとわかっているのに、男が前のめりになったためにナイフが肌に触れ、藤野辺はその切っ先を見つめて固まることしかできなかった。

突然訪れた恐怖が、体中を見えない糸で締め上げてくるようだ。

「やっぱり、ちょっと脅したらすぐに弓瀬に泣きつきにいくと思ったぜ」

声を発した男は、一見すると地味な男だった。

短く切った髪に、これといった特徴に欠ける目鼻立ち。しかし体だけは大きく、車に引きずり込んだときの腕力から考えても、かなり鍛えているようだ。

だが、藤野辺が嫌悪を覚えたのは、その暗く輝く瞳のほうだった。

連日相手にしている犯罪者のうち、数人のイメージとかぶる面影。小塚ほど凶暴でもなく、正木ほど卑屈でもないが、かといって善良さをまるで感じさせない陰鬱さをまとっている。

背後で、扉がロックされた音が鳴る。

恐怖と、こんな男に恐怖を感じていることへの怒りがないまぜになり、藤野辺は地を這うような声で反駁する。

「あんなわけわからん、二行ぽっちの脅迫で泣きつくほど暇とちゃうわ。なんや、お前があの写真の犯人か」

「…………」

「おい、こら。なんとか言わんかい」

ナイフは恐ろしいが、あの程度の写真で人を脅迫しようと思っている甘い男が、すぐに実力行使に出てくるとも思えない。そう高をくくり吠《ほ》えてみたが、返ってきたのはあからさまな侮蔑の色の嘆息だった。

「ちっ、なんだよ上玉なのは見かけだけかよ」

「……も、文句あるんやったら吠えさせるんやない」

男は藤野辺の態度に苛立《いらだ》ったように、頬に刃物を押しつけてきた。

切れてはいないが、冷たい接触に心臓が震える。

「弓瀬んとこに行く必要はない。今、ここで正木に直接電話して、パスワードを聞き出すんだ」

「写真の裏にも書いとったけど、なんやねん、そのパスワードて」

「白々しい。弓瀬と毎晩楽しんでは、ピロートークがてら俺の話は聞いてんだろ？」

冤罪《えんざい》だ。と文句を言うより先に、男のナイフを持っていないほうの手が、無造作に藤野辺の股間《こかん》を撫でてきた。

反射的に身を竦《すく》めるが、男はその反応を面白がるようにナイフの腹で頬《ほお》を叩いてくる。

「暴れんなよ、刺さるぞ。日ごろ犯罪者罵《のの》りまくってても、自分がこんな目にあって怪我《けが》したところで誰にも言えないだろ？」

身勝手な加害者に、こんな形で嘲《あざけ》られる日が来るとは思ってもみなかった。

こんなにも屈辱的なのに、罵倒さえ自由にできないなんてどうかしている。しかし、脳裏に駆け巡るのは今まで仕事で対面してきた多種多様な犯罪者たちの顔だった。

苦悩するもの、追い詰められていたもの、我慢のきかないもの。

人が人を傷つける理由はさまざまだが、相手を傷つけ屈服させることを当然の権利だと思っている輩《やから》もいる。そんな人種の行いを知り尽くしているからこそ、検事という立場に守られていない今、一対一でこんな男に向きあうのは恐ろしいことだった。

「勘違いするな。俺はあの弁護士とピロートークするような仲やない。お前が送ってきた写真も、意図がようわからんから、弓瀬弁護士から何も教えてもらえずじまいや」

「お堅い仕事してるくせに、ゲイバーに男漁りにくるような色狂いが、わざわざ弓瀬んちに寝泊まりして何もなかったとか笑わせるなよ」

「っ……お前、あのとき鳴ったインターホン……」

弓瀬の家で鳴ったインターホンを思い出す。カメラが内蔵されていたのに来客の姿が映らなかったのは、設定ミスでも電池切れでもなく、単にこの男がカメラを何かで覆って姿を隠していたからだったのだろう。

にたりと笑った男の表情は実に品がなかった。

「あいつん家《ち》乗り込んで、お前らがつきあってる話を正木の事件の関係者にちくるぞって言ってやろうかと思ったんだけど、インターホンに出れないとかどんだけ盛ってんだよ」

インターホンに出ることができないだけで性行為の真っ最中、などと判断する男の脳みそのほうがよほど色狂いに思えたが、反論の余裕は、男の指先がさらに深い場所を探りはじめたせいで掻き消えていく。

暗い車内に、ちりちりとスラックスのジッパーが下ろされる音が響く。

ベルト、スーツの前ボタン、手当たり次第にはだけられていくのに、その手を掴むことさえできない。

男が顔を寄せてきた。きっちり撫でつけた髪のせいで、むき出しだった耳をしゃぶるように舐められる。

「っ、舐めるな、きもいっ！」

「おら、正木に電話しろよ。本当に聞いてないのか？　銀行口座のパスワードの話」

「ナイフつきつけられて、きっしょく悪い男に耳舐められてもシラ切るほど、正木に義理なんぞないわい！」

「てんめぇ……くっそ、あとで覚えてろよ。とにかく、銀行口座のパスワードを知りたいんだよ俺は。小塚と正木と俺とで競馬用の口座持ってたんだけど、小塚の野郎、俺にはパスワード教えやがらねえから、今もまだ残金あるのに引き出せねえんだよ」

あとで、覚えてろ。の意味を考えるのが嫌で、藤野辺はすなおに疑問を返した。

「なんやねん、その競馬用の口座て」

「はあ？　なんでもかんでもカマトトぶってんじゃねえよ。競馬の、ネットバンキングで馬券買うやつだよ。事件のあった日もけっこう勝ったから、今残高相当あるはずなんだよ」

自分の常識が相手に伝わらない。ということに苛立ったらしく、男はおもむろにナイフの先端でワイシャツの布地を引っかけると、上から下へ腕を振った。

ぞっとなって硬直した藤野辺の態度を、満足そうに男は見つめている。

幸い、ワイシャツが裂かれただけで、どこか切れた様子はない。だが、その的確さに男が日常的にナイフで遊んでいるのだろうと気づかされ、藤野辺は悪態一つつけなかった。

藤野辺が言葉を失ったことに満足したように、男はけらけらと笑いながら口座名義の説明をしはじめた。

小塚は無類の博打《ばくち》好きだが、いちいち馬券を買う作業はことのほか嫌いだったらしい。競馬に限らず、結果が出るまでは好きだが、その前準備は面倒臭がる性格だ。そんな中、インターネットでクリックするだけで馬券が買え、金の出し入れもすべて指定のネットバンキングで自動的に行われるシステムを重宝するようになった。

もちろん、そのクリックさえ自分ではやらないが。

「馬券買うだけのクリックさえ自分で押さない面倒臭がりが、わざわざ新しい口座作るわけないだろ？　だから正木がつくることになったんだよ、あいつの名前で。で、そこに入ってる金で、週末になると小塚はいつも競馬やってたんだよ」

「はあ……お前と正木はあれか、クリック要員か」

「うっせえな、俺も一緒にその口座で賭けてたんだよ。いいか、小塚の野郎馬鹿だから、あるだけの金賭けるんだぜ。しょっちゅう口座すっからかんになってたけど、その分当たるとでけえのなんのって……」

「それで、小塚のおらんうちにその金横取りしようてか？」

「おい、言葉選べよ」

ナイフの先端が、裂けたワイシャツの隙間から覗《のぞ》いていた乳首に触れた。ちくりと刺さる刺激が痛い。小さなそこは、ささいな過ちで簡単に切り取られてしまいそうで、藤野辺は背後の扉に背中をへばりつかせる。

怖い、悔しい、腹立たしい。

それなりに冷静に、車内の様子や男の体格を探ってはいるが、未だに突破口は見えずにいる。

「その口座で一緒にやってたんだから俺の金でもあるだろ。だから、正木が保釈されたときに会いにいってやったのに、パスワードの話しても忘れたとかぬかしやがって、そのあとは俺の電話にさえ出ようとしねえんだよ」

男のほうも、いたぶることが楽しくなってきたのか、藤野辺の胸から腹へ、肌をナイフの側面が撫でていく。

こんな男を相手に「忘れた」なんて言える度胸が正木にあったのだと思うと、唇を嚙んで耐えるほかない自分が誰よりも矮小《わいしょう》に思えてきた。

「っ……」

「正木の弁護士が、弓瀬だと知ったときは笑ったね」

「知りあいなんか」

「いや？　でもあいつ目立つじゃん。ゲイばっかの店にいると特にさ」

けらけらと笑う男の、藤野辺の肌をねっとりと見つめる視線に、藤野辺はまざまざと相手の性的指向を見せつけられたような気分になった。

人を過剰にゲイだゲイだと、たかだかツーショット写真でのたまっていた男もまた、あのひっそりと同性愛者が集まる街に足繁く通う一員だったのだ。

「小塚が女のいる店で奢ってやるっていっても迷惑なだけだったからさ、賭け事の口座の残高もらうくらい、ちょうどいい迷惑料だろ？」

どこまでも身勝手なことを言いながら、男は藤野辺の頬を二度ほど叩いた。

「小塚もさんざん俺のこと馬鹿にしやがったけどさ、弓瀬もたいがいだぜ。あの野郎、ゲイだって職場にばらされたくなかったら、正木からパスワード聞いてこいっつったのに鼻で笑いやがった」

「なんや、弓瀬にもナイフつきつけたんか」

「やってねえよ！　弁護士相手にナイフなんか持ち出したらやばいだろ」

誰を相手にナイフを持ち出しても問題なのだが、そのあたり目の前の男はわからないらしい。

依然続く恐怖の中に、男の馬鹿さに呆れる感情も浮かびはするが、それよりも藤野辺の心に響いたのは、弓瀬が男を全く相手にしなかったことだ。

男はなおも弓瀬がいかに自分を相手にせず見下すような態度だったかを恨み節で言い募る

が、藤野辺は知っている。弓瀬は自宅のドアホンにも出るなと言ったし、藤野辺が初めて無記名の相手から写真が送られてきたと言ったときも顔色を変えた。

弓瀬は、彼なりに、正木にまとわりつくこの男に深い警戒感を持っていたのだ。

職場に性的指向をばらされるか否かよりも、きっと正木を守るために。

ようやく弓瀬の言葉の「心当たり」の意味を悟ったとき、藤野辺は恐怖が引かないままだというのに、自然と男の脅迫を跳ねのけていた。

「断る。正木に電話なんぞせん。そもそも、誰がどこで賭けてようと、正木の名義の口座は正木のもんや」

「あ？」

唸《うな》ればいいと思っているのか、男が不快感に顔を歪めてナイフを構え直した。

ぐっと、硬質的な面が頬に押しつけられる。

しかし、藤野辺の気持ちは変わらない。恐怖を捨て置き、悔しさと屈辱だけを懸命にかき集める。

「なんや刺すんか。半端に刺したら俺が訴えるで。滅多刺しにされても、まだ検察官の立場が……とか言うて泣き寝入りするほど俺はヤワやない」

「………」

「頑張って殺してみるのもええが、お前のくれた脅迫状で今夜外出するのは、弓瀬も俺の相棒も了解済みや。明日俺が出勤せえへんだけで、お前は一生お尋ね者っちゅうわけやな」

唾《つば》の一つも吐きかけてやりたいのをこらえ、言うべきことだけを言うと、頰の上で刃物が震えるのを感じた。

ちくり、と一瞬感じる。皮膚くらいは裂けたかもしれない。

怖い。だがそれでも、藤野辺は言わずにはいられなかった。

「俺みたいなひょろい男に、刃物持ち出さな脅迫一つでけへんやなんて、その刃物持たずにムショに入ったらお前、どないな目にあうか楽しみやないか」

「て、めえ！」

「正木には弓瀬がついてる。弓瀬がおったら、正木は必ず更生するはずや。その邪魔にしかならんお前なんか、誰が関わらせるか、どあほ！」

男は、頭の奥では冷静だったのか、藤野辺を刺しはしなかった。

その代わり、拳が頰に鈍くあたる。

反動で頭をサイドウィンドウにぶつけて喘ぐ藤野辺の口に、滑り込むようにナイフが入ってくる。ぞっとして、それ以上の侵入を防ぐように歯を嚙みあわせると、それを待っていたように男はナイフから手を離した。

「ん、んっ」

「咥《くわ》えてろよ。いいか、それ両刃だからな。落としたら唇ざっくり行くからな〜。まあ、刺してみろとか言えるくらいなんだから、唇くらいずたずたになってもいいよな」

笑う男に、今度こそ何も言い返せず藤野辺は眉根を寄せた。

刃渡りの短いナイフは、なんとか噛みしめれば落とさずに済む程度の重みだが、口の中にある凶刃の存在感にえずきそうだ。

押し出そうにも、舌で触れるわけにもいかず、せめてもの抗議に男を睨もうとすると、男がいっそう醜悪な笑みを浮かべていることに藤野辺は気づいた。

ふと見ると、ナイフを手放した男の手が、車に付属されているシガーライターを持っているではないか。

赤々とした明滅が、じりじりと藤野辺の肌に迫ってくる。

「絶対謝らせてやる。覚悟しろよ」

子供のようなことを言うと、男はナイフの代わりにライターをちらつかせながら、にやける唇で藤野辺の乳首に吸いついた。

恐怖の中、心も体も萎《な》えそうなのに、刺激に体は嫌でも反応する。

サイドブレーキのあるタイプの車なら、男を阻む役にも立ってくれただろうが、それもない狭い車内は、藤野辺の逃げ場さえ奪うばかりだ。

ナイフを口から抜こうとした手をそれぞれ掴まれ、シガーライターが指先をかすめる。

息を飲んだとたん、口の中で固い刃先が喉に触れ、再び屈辱よりも恐怖が勝り始めた。

男は、藤野辺の両手を摑んだままなおも胸に吸いついている。

弓瀬とは違う、身勝手なことしか言わない唇が、音を立ててその突起を吸い、欲望しか語らない舌が震える先端を押しつぶす。

「ん、ぅっ……」

かちかちと、震える歯がナイフの腹を叩き続ける中、男はその音に満足したように乳首をかじりながら言い放った。

「あー、たまんね。あんた黙ってたらやっぱ上玉だよ。予定変更だ、今夜やりまくって、その写真で明日から脅してやるよ」

勝ち誇ったようなその言葉は、しかし最後まで藤野辺の耳に届くことはなかった。

車の中、いや世界中に今、自分とこの男しかいないのではと思わせるほどの静けさを、激しいばかりの衝撃音が震わせたのだ。

地震か、爆発か。そんな可能性さえ脳裏をかすめた藤野辺の目と鼻の先で、その衝撃音の正体は鋭利なヒビとなって広がっている。

夜に染められたように暗い色をしていた運転席側のサイドウィンドウが、事故にあったかのように突然白いヒビにまみれはじめているのだ。

「な、なんだっ？」

男が驚いて顔をあげるが、それを許さないように再び車が大きく揺れ、ヒビ止まりだったサイドウィンドウが本格的に割れはじめる。

狭い車内に飛び散る小さなガラスの破片に思わず目を瞑っているうちに、三度目の衝撃音。

そして、同時に男の怒号が聞こえてきた。

「うわああ、俺の車！　何しやがんだてめ……うわあっ」

四度目の衝撃音。

車が大きく揺れ、男の手が藤野辺から離れる。

幸い、シガーライターは肌に触れることなく足元に落ち、慌てて藤野辺は自由になった手で口からナイフを抜き去った。

わずか刃渡り六、七センチ程度のそれは、口から出してしまえば怯えていたのが恥ずかしくなるほどだが、切っ先にじわりと滲《にじ》む血の色を見れば、そんな愚かな羞恥《しゅうち》も吹き飛んでしまう。

シガーライターは足元、ナイフは自分の手の中。

今しかない、とばかりに藤野辺はロックを解除すべく運転席に身を乗り出した。

男にもたれかかるような格好になるが、男はさっきまでの威勢はどこへやら、窓の外の異変と藤野辺の反撃、どちらに対応していいかわからない様子で拳を振り上げただけだ。

扉のロックをはずそうとした藤野辺に、どこからともなく「離れてろ！」という声が聞こえてきた。

耳朶が、震える。

そんな場合ではないのに、恋焦がれていた声に胸が弾み、藤野辺は涙がこみあげそうになった。

弓瀬だ。どこかに弓瀬がいる。

脳裏に、体操着姿のまま、藤野辺の荷物を抱えて笑っていた少年の面影が浮かんだ。

そして、その思い出を揺さぶるように車は揺れ、ひび割れたサイドウィンドウから黒い塊が突き出した。藤野辺も、男も言葉を失う。

しかし、そうこうしている間にも黒い塊は男に向かってまっすぐ伸び、その胸倉を摑んだ。

黒い塊は、どうやらスーツの上着を巻きつけた人の腕のようだった。

その腕が、力ずくで男を引き寄せ、割れた窓ガラスにその体を乱暴にぶつける。

「ぐ、あっ！　やめろ、離せ。離せよ……っ」

「お前がロックを外すのが先だ。さっさとしろ」

いつもより低い弓瀬の声が、有無を言わせぬ勢いで窓の外から聞こえてくる。

判然としないが、窓の外には確かに人の影……。

車の扉など蹴り飛ばして弓瀬の元に駆け寄りたい衝動が藤野辺を襲った。

しかし、同時に弓瀬の声が、自分の中の理性を呼び覚ましてくれもする。

男がもがきながら罵詈雑言《ばりぞうごん》を叫ぶ隙に、藤野辺は足元にあったシガーライターをソケットに戻した。恐怖に固まっていたときよりも、危機を脱した今のほうが藤野辺の手は震えていて、なかなかうまく小さな穴にライターをはめられない。

眼前で、男が「痛ぇ！」と一つ叫び抵抗を緩めた。

どうやら、割れたガラスで手を切ったらしい。そして、ようやく観念したのか、藤野辺の背後でロックの外れる音がした。

脅されていたナイフを手にして、藤野辺は転げるようにして助手席の扉から外へ逃げ出した。

恐怖と屈辱が充満していた車内から外に出たとたん、清々しいまでの冷たい空気が肺に一気に入ってくる。

「藤野辺、無事か！」

振り返ると、スーツに引っかかっていたガラス片がばらばらとアスファルトに散らばる音がした。それにかまわず、藤野辺は車体の低いルーフ越しに運転席側を見る。

弓瀬が、未だ男を締め上げたまま、不安に揺れる瞳でこちらを見つめていた。

「…………」

「藤野辺っ？」

「ぶ、無事や」

ほかに、言いたいことはたくさんあった気がする。

お前こそ怪我はないか、とか。助けにきてくれると思わなかっただとか。

その代わりのように、子供の頃に助けてもらったときすなおになれず、結局言えず仕舞いだった言葉が自然と唇からこぼれる。

「弓瀬、おおきにな」

「俺がこいつのこと、ちゃんと説明しとけばこんな危険は回避できたかもしれないんだ。礼を言われるような立場じゃないよ」

「それもそうやな」

照れ隠しもあって、可愛げのない返事をすると、藤野辺は車を迂回《うかい》して弓瀬の元へ向かった。依然、胸倉を掴まれたまま、割れたガラスにへばりつく男の顔面も視界に入ってしまうが仕方がない。

弓瀬の足元には、コンクリートブロックが二つ、見るも無残に砕けてガラス片と一緒に転がっていた。路上駐車禁止の標識の根元に、追加の重石のように乗せられていたブロックを利用したようだ。

最悪、加害者に大怪我をさせでもすれば、弓瀬の今後にも響いただろうに、なりふりかまわず助けてくれたのかと思うと、ありがたい。しかし、その謝意と同時に、胸の奥底に薄暗い疑念が湧きだした。

その疑念の泉から目をそらすように、藤野辺は事務的に尋ねる。

「正木の口座の件は聞いた。お前、最初からこいつにつきまとわれとってんな？　言うてくれたらよかったやないか」

「悪い。こいつは性質《たち》の悪い奴だから、お前が関わったらどんなことをお前の職場に吹聴するかわからない。だからこっちで始末できたらと思ってたんだよ。結果的に後手にまわっちまった」

確かに性質は悪かった。

その男が、性質の悪さをさらに証明するかのように唾を飛ばす。

「い、いい加減離しやがれ！　警察呼ぶぞ！」

「なんや、自首か」

「見上げた心がけだな」

藤野辺と弓瀬にそっけなくあしらわれるも、男は実に憎たらしいにやけ顔をしてみせた。

「いいのかよ。弁護士だの検事だのがどんだけ偉いか知らねえけど、俺のことどうこうできんのかよ。警察でも裁判でも、お前らがゲイってことも毎晩セックスしまくってることも全部ばらすぜ、俺」

「…………」

あれもこれもばらしてやる。それもどれも証言してやる。

と息巻く男の胸倉を摑んだまま、弓瀬が生真面目な顔をして言った。

「藤野辺、俺はどんなときも清廉潔白に生きてきたから、隠ぺいとか脅迫とかは未経験なんだ。お前、一つ都合の悪い相手を黙らせる方法教えてくれないか？」

「おう、ええで。まずはそうやな……とりあえず裸に剝いて写真でもとろか」

「よし！」

片手がふさがっている弓瀬に代わり、藤野辺が運転席の扉に手をかける。

最初こそ、きょとんとして目を見開いていた男は開いた扉に引きずられるようにして外に転げ落ちながら、ただならぬ空気を感じたらしくがなりはじめた。

「お、おいちょっと待てよ。お前らあれだろ？　法の番人とか、なんかそういうあれだろ？」

「せやで」

「だ、だったら、そういう脅迫みたいなことしていいのかよ！」

「……坊や、一つ教えといたるけど、そういう脅迫みたいなことは法律関係者かどうかとか関係なく、誰もがやったらあかんのや」

その言葉を最後に、藤野辺は無造作に足を振り上げた。

偶然にも、たまたま、予想外にも……その靴先が男の股間に命中する。

「ふぼっ……！」

「ううん、暴力を見てみぬふりするのは、心が辛いなあ」

震えるように地面に崩れ落ちる男を放してやりながら弓瀬がつぶやいたが、藤野辺はまったく悪びれずに応じた。

「暴力なんかしとらん。ちょっと足あげたら、たまたまそいつの股間が目の前にあっただけやし」

自身のスラックスのベルトを抜き去り、うずくまる男を縛り上げる藤野辺の姿は、実に加害者っぽかった。と、のちに弓瀬は語るのだった。

こんな真夜中でも、警察署を訪れるものはそこそこいる。

泥酔して暴れるものや、車上荒らしにあったらしく落ち込むもの、果ては通りすがりにトイレを借りるだけのものまでさまざまだが、そんな一般市民を十人ほど数えたところで、階段を駆け下りてくる足音がホールにまで響いてきた。

階段の鉄格子の向こうに、弓瀬の姿が現れる。

長らく署のロビーのソファーに座っていた藤野辺は、誰にも気づかれぬよう安堵の息を漏らすと立ち上がり、弓瀬を出迎えた。

「よかった、まさかなんぞつっつかれて、留置所コースかとひやひやしとったんや」

例の男をたっぷり脅かしてはやったものの、まさか本当に筆舌に尽くしがたい報復などするはずもなく、二人はすぐに警察を呼んだ。

ささやかな脅迫とこの程度の怪我で、あの男を刑務所送りにできるとはとても思えないが、余罪はたっぷり調べておいてもらおうと、検事魂がうずく。

残念なことといえば、徹底的に論破しつくしてやりたいあの男の被害者が自分自身である以上、裁判で男の担当にはなれないことだろうか。

ぼろぼろになったジャケットは、署に預けてきたのか、シャツ一枚のラフな姿で弓瀬は後ろ首を手で揉みながら苦笑した。

「心配かけたみたいだな。ちょっと、あの男のことで刑事に相談したかったから話が長引いてさ。……でも、お前は特別早く終わったほうだと思うぞ」

「まあ、検察官やしなあ……こんな日に限って顔見知りの警察官が当直や。藤野辺検事、ついに暴行事件でも起こしたんですか、とか言われたで」

「そいつの股間は無事なのか?」

「まあ、一発くらい当てたかったけど、今後を思うとなあ……。どうせ、調書とって検察庁に上がってくるころには、誰もが口を揃えて『藤野辺ついになんかやらかしたのか』とか言い出すに決まってるわ」

しばらくそのネタでからかえるとなると、三枝が上機嫌になってくれるだろう。腹立たしいが、そのほうが仕事が早く進むと思って我慢するほかない。

その三枝には、ついさっき電話を入れ、心配の言葉とささやかな嫌味を交互に聞かされたばかりだ。

膨れ面になって、藤野辺はソファーに放り出したままだったコートを掴むと弓瀬をうながす。

「もう用はないやろ。タクシー拾いにいこ」

終電はとうの昔に終わっている。

急《せ》かすように歩き出すと、弓瀬も何も言わずについてきた。

今頃、あの男はかしましく弓瀬と藤野辺の関係を、そして性的指向を、あることないこと語っていることだろう。藤野辺は、刑事課職員とは切っても切れない仕事をしているだけに同性愛者であることを脅された経緯について特別突っ込んだことは聞かれなかったが、弓瀬は何か言われたかもしれない。

できれば、署員らの目がある場所で、いつまでも二人でいたくはなかったのだ。

署を出てすぐの道を左に折れると、遠くに車の行き交う大通りが見えた。二人してそちらに向かって歩き出す。

「弓瀬、帰ったらその服捨てや。目に見えんガラス片とか、危ないし」

「……そういえばそうだな。お前の言うとおりにするよ」

どこか、含みのある返事に落ちつかないものを感じながらも、藤野辺はそれよりも大事なことがある、とばかりに続けた。

「今夜は、ほんまに助かった。さすがの俺も、刃物にはよう勝てんな、ちびる前に助けてくれたおかげで、大した恥もかかんですんだわ」

照れ隠しの最後の一言に、弓瀬が吹きだした。

返事は曖昧《あいまい》だが、別に機嫌が悪いわけではないらしい。

だが、それはそれでなんだか不安で、藤野辺はちらりと弓瀬を見上げる。

「弓瀬、どっか痛いんか？　なんやぼーっとしてるんやったら、病院行ったほうがええんとちゃうか」

「大丈夫だ。ぼーっとなんかしてないよ。ただ……」

「ただ？」

どちらともなく立ち止まり向きあうと、夜風が二人を撫でていく。裂かれたシャツを、ジャケットと薄手のコートに包む藤野辺と違い、弓瀬はワイシャツ一枚だ。

今夜、あの男のことを藤野辺に説明するため、弓瀬は正木も呼んでいたらしい。

藤野辺にまた怒られるだろうな、と憂鬱な気分で弓瀬の事務所に向かっていたらしい正木は、ふと弓瀬法律相談事務所の近くに見覚えのある車が停まっていることに気づいた。見覚えのある車、なじみ深いナンバー、そして漆黒の窓から突き出された誰かのタバコを持つ手。

慌てて、正木は弓瀬に「例の奴が近くにいる」と報告してくれたのだ。その後、藤野辺が時間を過ぎても事務所に来ないので、慌てて男の車の元まで駆けつけてきてくれた。

その機転を、小塚が起こした事件のときも利かせていてほしかった。と言っても始まらないので、藤野辺は警察署までついてきてくれた正木にも、すなおに感謝の言葉を伝えている。とにかく、そんな理由でコートも羽織らず事務所を飛び出したままの弓瀬の姿は実に寒そうで、やはりタクシーを捕まえるのが先かと悩んだとき、弓瀬の手が急に藤野辺に向かって伸びてきた。

冷たい指先が、壊れ物を扱うような手つきで藤野辺の頰に触れる。

「……お前こそ、傷大丈夫か？」

「大丈夫や。昔やったら、このくらい切れても皮下脂肪で済んだんやけどなあ」

口の中こそ無事だったが、何度かナイフを当てられた頰には傷ができていた。もう乾いたその傷口をなぞるふりをして、藤野辺は弓瀬の手を払いのける。

そんな風に触れられると困る。

弓瀬は優しい。それは藤野辺にとって憧れの一つだったのに、危険を冒して助けてもらっておきながら、藤野辺は今初めてその優しさに苛立ちを感じていた。

自分を助けにきてくれたと知ったとき胸に湧いた黒い疑念。

それは、あれから聴取を受け、弓瀬の帰りを待つ一時間ほどのあいだに確信に変わっていた。

弓瀬はきっと、誰が相手でもあんな風に助けに来てくれる。小学生の頃、何の関わりもなかった一人の暗いクラスメイトを助けるために汗だくになってくれたように。

自分でも、正木でも。とっかえひっかえの誰かでも。

自分の身勝手な独占欲が、まるでさっきの男の身勝手さに重なるようで、自分への嫌悪感に眉をひそめる。

「本当に悪かった。もっと早い時間に呼び出せてたら、こんなことにはならなかったかもしれないな」

「ああ、大掃除とやらは無事済んだんか？」

「ああ。掃除と、今後の事務所方針の会議と、あと求人と……。ちょっと、人を増やして心機一転本格的に事務所の維持に努めようと思ってさ。せっかくだから、父さんのあの机も俺が使うことにした」

「なんや、張り切っとるやないか。似合うてるで」

それだけ言うと、藤野辺は再び歩きだした。

しかし、弓瀬はついてこない。

その代わり、少し緊張したような声が、背中を追いかけてきた。

「お前、例のボールペンのインクどうしてるんだ？　使えるリフィルがあるのなら、教えて欲しいんだけど」

「…………」

今日の疲労も、どす黒い独占欲も、一瞬にして凍りついた。

すぐにまた立ち止まるはめになった藤野辺は、しかしそのまま弓瀬を振り返ることができない。

死に際でもなければ、走馬灯のように記憶が脳裏を巡回することなどないと思っていたが、今藤野辺の脳細胞のすべてが弓瀬とのあらゆる記憶でごったがえしていた。

ばれた。「あの根暗、初恋相手に素性隠してめちゃくちゃアピールしてやがったんだぜ」と、顔も忘れたはずの子供の頃のいじめっ子が脳内ではやしたてる。

藤野辺の体は勝手に駆け出した。

とにかくどこでもいい、今の話がなかったことになる場所へ逃げ込みたくて。

そんな無茶苦茶な欲求のままに走る藤野辺の背後から「おーい」と呑気な呼びかけと共に弓瀬が追いかけてくる。

悲しいかな、下の下から中の上に底上げした藤野辺の運動能力は、生まれついての上の中という弓瀬にまるで歯が立たない。わずか数メートルで追いつかれ、肩に弓瀬の手が触れたとたん、恥も外聞もなく藤野辺は叫んでいた。

「はっ、放せあほー！」

「藤野辺、こういう時間帯は、ひと気が少ないからってスピード出してる車もあるし、急に走り出したら危ないぞ」

「そういえばそうやな。気ぃつけな……って言うてる場合か！」

唾が飛ぶが、気にする余裕もない。

しかし、肩を摑まれるままに向きあわされ、しぶしぶ見上げた弓瀬の表情は、実に腹立たしい余裕顔だ。

「父さんの机掃除してたらさ、抽斗《ひきだし》からいろんなガラクタ出てきたんだよ。俺がガキの頃あげたメダルとか、どっかのキャバレーの名刺とか、ブランドもんばっかで周り固めてたくせに、けっこうしょぼくれたもの大事にとってたみたいでさ」

「そ、そうなん？　せやけど今俺それどころとちゃうねん、そんな話そこの電柱にでもしといて、そんで俺のことは放してくれへんかっ」

「そしたら、抽斗からボールペンが出てきてさ。お前のとお揃いだなとびっくりしてたら、ようやく思いだしたんだよ……ロサンゼルス土産で、皆に買ったボールペン。一本一ドル、クラス全員と家族に一本ずつ」

「忘れんかい！」

「そしたらさあ、しみじみと疑問が湧いてくるんだよ。酔った俺をあんたが解放してくれた日、なんで藤野辺は俺の自宅を知ってたんだろうか、とかさ……」

何も言えずに藤野辺は唇を震わせた。

あれこれと嘘を塗り重ねたつもりが、肝心なところで対策が抜けていたようだ。

「いやあ、ボールペン片手に藤野辺の今までの言動思いだしてると、ちょうどそっちから電話がかかってきたからさらにびっくりしたよ」

どうりで、電話をかけたとき様子がおかしかったわけだ。

すでに藤野辺の正体などばれたまま、あの電話で会話していたのかと思うと藤野辺の喉から引きつったうめき声が漏れた。

「なあ藤野辺、お前の憧れの人って、俺だったのか？」

確信を持った声の響きに、藤野辺はうつむいて片手で顔を覆う。

メガネに指紋がつく。それでも、まともな顔でいられる自信がないのだ。

「ずっと、そのボールペン大事にしながら、俺のこと何かと世話焼いてくれてたのか、お前は」

「……気持ち悪いやろ」

たまらずこぼれた声が、夜風に攫《さら》われていく。

「なんでだよ。気持ち悪いはずないだろ？」

「小学生の頃の初恋やで？　十数年引きずったあげくに、この歳で再会できたらチャンスあらば一発やってもうたり、陰からお前を見てはにやけたりハラハラしたりしとんねんで。自分でも正直引いてるわ！」

「そうか？　熱烈でいいじゃないか。情熱的なのは素晴らしいことだ」

「お前さっきから話通じとらん！」

「頭良いはずなのに、変なところで馬鹿だなあ。つまり、俺はお前の気持ちを知って嬉しかったたって言ってるんだよ」

甘い言葉をささやくと、弓瀬は藤野辺の顔を覆う手を引いた。

視界が開けていき、メガネがずれた顔のまま、藤野辺は恐る恐る顔をあげる。

弓瀬が、少し恥ずかしそうに笑っているのだが、メガネの指曇りのせいでそう見えているだけだろうか。

「あんたの第一印象は最悪だったよ。正木さんの相談受けたときから、あの人あんたに怯えきってたからな。噂のこともあるし、どんな勘違い威圧検事かと思ってた……でも、あんたは普通なら適当に相手してもおかしくない、こんな地味な事件にいつも真剣勝負だ」

「……あ、あかん。やっぱりその話も電柱にしてくれ」

「異議は却下する。あのなあ藤野辺、お前わかってないだろう。お前は俺に憧れてくれたかもしれないが、俺だってお前に憧れたんだぞ」

「は？」

「最初こそ嫌な検事だと思ったけど、お前には信念があった。ここ一年俺はだいぶ自分を見失ってたけど、少しでも気持ちが揺れたら、この検事には勝てないと思わせてくれたことがどれだけ大きいことかわかるか？」

藤野辺に負ければ、正木を助けてやれない。

正木を助けてやれなければ、彼が罪と向きあうチャンスを逃してしまう。

その恐怖は、久しぶりに弓瀬を、父への葛藤《かっとう》も事務所経営の不安も忘れて、弁護士という仕事だけに没頭させてくれたのだと弓瀬は言う。

「お前の尋問で正木さんとの関係が悪くなったとき、俺は負けるかもしれないって不安になって、バーで思わずスコッチ頼んじまったよ。お前が飲んでたから、あれを飲んだらお前みたいにもっと強気にぽんぽん反論できるようになるかもとか思ってさ。あんな甘くないもの、よく飲めるなお前」

「……弓瀬、けっこうあほなんか」

「お前ほどじゃない。言えばよかったのに。一言、久しぶりって」

「っ……すまん。嘘つくつもりや、なかってんけど。見栄、張りだしたら止まれへんかってん」

弓瀬の少し寂しそうな言い方が耳に痛い。

けれども、あんな小さな接点をネタに、十数年後「久しぶり」なんて言えるほど藤野辺は社交的ではない。弓瀬なら、きっと言えるのだろうが。

もごもごと、それ以上何も言えなくなった藤野辺に、弓瀬が鼻先を近づけてきた。

たっぷりとした黒髪が、藤野辺の肌に触れる。黒々とした瞳が、眼前で輝く。

「お前がボールペン男のために紡いでいた言葉のすべてが、俺のための言葉だったんだと知ったとき、俺がどんな気持ちだったかわかるか？」

弓瀬の吐息は熱く頬を撫で、藤野辺は彼の体温を思いだしぞくりと肌が粟立《あわだ》った。

「キス、していいか。藤野辺？」

「………」

「お前は今でも俺が好き。俺はお前の好きな相手が俺だと知って死ぬほど嬉しかった。キスするには十分な理由じゃないか？」

藤野辺は、無言で弓瀬の胸を押し返した。

うまく言えないが、それは違う気がする。藤野辺の中に長らく潜んでいた身勝手な不満の虫が、うるさく鳴きはじめた。

「あかん。そんなんしたら、俺はあほやからすごく期待してまう。さっきもそうや、お前がせっかく危ない思いして助けてくれたのに、俺だけやのうて誰が相手でもこんなに必死になってくれるんやろうなと思うたらたまらん気持ちになった」

自分の醜い部分をさらけ出してしまうと、もう止まらなかった。

拒絶しておきながら、そのくせつきあっているような顔をして、平気で束縛的なことを言ってしまう。

「大事な相手しか命かけへんとしても、お前の大事な相手何人おるねん一体。寂しくてとっかえひっかえしてたのはわかったけど、あんな名刺配りまくって、遊び慣れたらどうせその味忘れられへんやろ」

「意外と……可愛いことを言うんだな」

「やかましいわ！」

真っ赤になって、藤野辺は傍らの電信柱にしがみついた。

弓瀬よりよほど、自分のほうが無機物相手に管を巻いているくらいがちょうどいい。

「あかん。もう見んといてや。そろそろお前、俺のこと嫌いになるやろ」

「藤野辺、勘違いしてるようだから言っておくが……あの名刺は遊び目的じゃなくて、さっきの男の情報集めのためだぞ？」

「何やそれ……」

「だって脅してくるから、どんな奴か知っておこうと思って、あいつのこと知ってたら教えてね〜って同じ街のゲイ仲間に名刺配りまくってたんだよ。さっき刑事にした相談ってのも、あいつから暴行受けてた子の相談受けたから、そういうの余罪でくっつけてもらえるかなと思っていろいろ聞いてたんだよ」

駄目だ、と藤野辺は思った。

弓瀬が藤野辺の疑念や不安を一つずつ消していってくれるたびに、ひどく嬉しくて、そのくせ逃げ場がなくなっていくのを嫌でも実感する。

ダダを捏ねていられるのも時間の問題だろう。

本当に自分が今言わねばならないことはなんなのか。深呼吸して考えたいのに、激しい心拍に煽られ、藤野辺は短い息を吐くばかりだ。

「お前の独占欲だって、別に嫌いにならないよ。俺だって似たようなものなんだから。だいたい、お前は俺がなんで明日も仕事で早く寝なきゃと思ってるのに、耐えきれずに今告白してるのかわかってるのか？」

「わからへん……」

「今すぐにでもお前を風呂に入れて洗う権利が欲しいからだ」

「……あかん、答え聞いたらもっとわからへん」

「馬鹿！　お前あいつにべったべた触らせてただろう！　見たんだぞ、乳首もなんか変なことになってなかったか？」

いつにない気迫に、藤野辺は電柱にかじりついたまま後ずさる。

しかし、弓瀬以外の男の接触に声を荒げる、憧れの男の姿に、藤野辺は混乱の波が引いていくような気がした。

「もっとちゃんとした時間を作って、ロマンチックなセリフの一つも用意しときゃよかったんだろうが、あいつの手垢《てあか》をつけたままお前を一人にするのを考えたら……っ」

まだ言い募る弓瀬の胸に、藤野辺はそっと手を伸ばした。

ネクタイを掴み、顎をそっとあげると、弓瀬の顔はもうすぐそこだ。

ずっと憧れ続け、思い出の何もかもが宝石のようにきらめいていた男が、今藤野辺の手の中にいる。夢か詐欺にしか思えないその幸福に微かに怯えながら、藤野辺は似合わぬ嫉妬を漏らしていた弓瀬の唇を、己の唇で塞《ふさ》いだ。

触れるだけのキス。

けれども、二人とも唇は震えていた。

ゆっくりと唇を離してからも、鼻先はくっつけたまま藤野辺は精いっぱいの言葉を選んだ。

「ずっと、ずーっと好きやってん。弓瀬、俺とつきおうてくれへんか……？」

「………………」

どちらかの、心臓の音が聞こえたような気がする。

しかし緊張からの幻聴は、弓瀬に抱き寄せられた藤野辺の、コートの衣擦《きぬず》れの音にかき消されていった。


「ゆ、弓瀬。弓瀬、その、あのな……あの、聞いてるか弓瀬っ」

さすが成金趣味の男は違う。と、二度目の弓瀬宅訪問で、初めてその浴室を目の当たりにした藤野辺はあっけにとられた。

子供の頃からアパートかマンションでしか暮らしたことがなく、現在に至っては狭い官舎暮らしの藤野辺にとって、男二人が入っても余裕のある洗い場といい、ジェット付きバスといい、住宅展示場でしか見たことのない代物だ。

うわ、お高いラブホの風呂場みたいやな。

などと言ってしまったのが運のつき。ガラス片を部屋に持ち込まないため、玄関で服を脱ぎ捨て風呂場にやってきた二人は、それまでどこか気恥ずかしい柔らかな空気に包まれていたというのに、いつのまにか弓瀬の笑顔が嫉妬に一瞬ひくついたのだ。

「ああ、聞いてるぞ藤野辺。教えてくれるんだろう？　一体どこのラブホテルで、どんなプレイしたのか。人のことをとっかえひっかえなんて言うけど、お前の男の趣味もたいがいだから、聞くのがちょっと怖いぞ？　ん？」

追い詰められ、床に手をついてしまった藤野辺は今、弓瀬に体中を撫でまわされていた。

覆いかぶさるようにのしかかられ、泡立つボディーソープにまみれた大きな手の平が、腹部を、足のつけ根を、膝の裏をとろかすように撫でてくる。

その感触に煽られながら、藤野辺はたまらず首を振った。

「そ、そんなん聞くの、ルール違反やんっ」

立派な浴室が珍しくて、ついメガネをかけたまま入ってしまって今に至るせいで、メガネにまで泡がつく。

藤野辺が首を振るたびにフレームが音を立てるが、いい加減外せばいいものを、ずり落ちそうになるたび、いつもの癖ですぐにまた指で押しあげてしまう。

「確かに。けど、あんな古いボールペン後生大事に持っててくれたお前が、他の男とも楽しんでるのかと思うと嫉妬が渦巻くな。せめて、そいつらを忘れるくらい思いきり感じさせてやりたくなるんだが」

「うん、んっ！」

ぬめる手の平が、臀部《でんぶ》から股間へ、腹へとずるりと這った。直接的な刺激に、肌が期待に震える。

「そ、そんな言うほどしてないっ」

「え？」

「み、見栄張ったって、さっき謝ったやろ！　お前が思うてるほど遊んでなんかおらんから、三人くらいしかつきおうたことないわあほ！」

ほとんど逆切れ気味にそう叫ぶと、弓瀬の手がへその上で止まった。

気づけばもう、全身泡まみれだ。

弓瀬の手をなんとか払いのけ、藤野辺は両腕を腹の前で交差させてそっぽを向いた。

「その三人のうちが、こないだの男か。憧れてる男は俺みたいに情けない奴だし、藤野辺、やっぱりお前の男の趣味、どうかと思うぞ」

「あほ。お前のこと好きやったら、世界で一番男見る目あるわ」

弓瀬があほなことを言っている。と本気で思ってそう言い返したのだが、結果的にそれは弓瀬に火をつけるだけだった。

振り払われたばかりの手が、腹の前で組まれた藤野辺の腕をなぞる。

皮膚と皮膚のこすれあう感触は、むずがゆく、そして体の奥深くを疼《うず》かせた。

指先が、そろそろと腕から肩へ上り、今度は鎖骨をなぞり喉へと向かう。

その間、弓瀬はじっと藤野辺の顔を見下ろすばかりだ。浴室の床の上で悶《もだ》える自分の姿が滑稽に思え、藤野辺は視線を泳がすしかないのに、そんな情けない仕草まで余すところなく見つめられている。

弓瀬の指が、大胸筋を撫で、ゆっくりとその頂点を目指す。

尖った片方の乳首にはたっぷり泡がついたままで、その泡の中へと弓瀬の指は沈みこんでいった。

「んっ！」

少し、ちくりとする。

あの脅迫男に軽く刺されたせいだろう。思いだすだけでぞっとするのに、そのちくりとした痛みは、そこへの刺激と絡まりあって藤野辺の腹の奥深くと繋がった。

泡が、肌を滑り落ちていく。

ぴんと尖り、震える先端が弓瀬の指に押しつぶされたとたん、藤野辺は床の上で跳ねた。

「く、んっ……」

「藤野辺、都合よくお互い交友関係はチャラにするとして……問題はさっきの馬鹿だ」

「あ、あれが、何の数に入るねんな……あ、ぁっ、や、そこばっかり……」

「俺が助けたとき、ここが濡れて、血が少し滲んでたんだが、どういうわけだ？」

はたと、弓瀬の声がいつもより数段低いことに気づき、藤野辺はおそるおそる声の主を見上げた。

鋭く光る瞳が、藤野辺を見据えている。

指先が、答えをせかすように小刻みに突起を叩いた。

「あんっ、はっ……ちょ、ちょっと待て弓瀬っ、ぅんっ」

「その声、まさかあいつにも聞かせたのか？」

「し、知らん！　ナイフ、噛んでたしそれどころやなかったし……！」

「つまり、ここを触られたことは否定しないんだな？」

はっとして藤野辺は悔しがった。まんまと誘導尋問に引っかかってしまった。

しかし、文句を言う余裕さえもらえずに、藤野辺の体はわずか乳首一つから発せられる、疼くような快感に支配されていく。

じんじんと痺《しび》れるそこから、弓瀬は一度手を離すと膝立《ひざだ》ちになった。すぐ傍らの、壁に設置された棚から、何か小さなチューブを取り出し、その蓋《ふた》を開くのが見える。息を整えるのに夢中になりながら、ぼんやりとその仕草を見つめていると、弓瀬は気難しい顔をして、蓋を開いたチューブをそのまま藤野辺の下半身、尻のあわいへと持っていく。

ビニール製のチューブの口が、ひたりとまだ撫でられた程度でしかない後孔に触れたとき、ようやく藤野辺は慌てだした。

「な、何するん？」

「大丈夫、ただの乳液だ。カミソリ負けしやすいから使ってるんだけど、ボディーシャンプーよりマシだろう」

「ま、マシって……んっ」

一瞬固すぎると思ったそのチューブは、藤野辺の中に入ってくるにつれ、内壁の収縮にあわせて柔らかくへしゃげてくれた。

入り口を押し開かれる痛み以外は問題ない。と思いほっとしたとたん、へしゃげたチューブの中から勝手に冷たい液体が染みだしてきた。

「あぁ……っ、何、これ……っ」

「よし、入った。それじゃあ藤野辺……胸洗おうか」

何を今さら。そう思い目を瞬いたところへ、弓瀬はチューブを挿入した場所には目もくれず、馬乗りになるようにして、藤野辺の腹部をまたいだ。

見下ろす瞳は、淫靡《いんび》というよりもどこか不満げで……。

「も、もう十分洗ったで」

「却下する」

「するな！　あっ、まっ……」

抗議は、重々しく却下され、藤野辺のすでに膨らみきったそこへ、再び弓瀬の指が触れてきた。

ボディーソープがたっぷり追加され、ぬるぬると乳首のつけ根を撫でられる。ときおり爪《つめ》が突起そのものをかすめるのが切なくて、藤野辺は耳まで赤くして床に頭をこすりつけた。

べっとりと、あの脅迫男に舐められ、吸いつかれていた記憶ごと洗い落とすように、弓瀬の指先は執拗《しつよう》だ。

ぐずぐずと、藤野辺の腰の奥に快感の熱がわだかまっている。

乳首に指先が触れるたびに、それは温度を上げ、そのたびに藤野辺の下肢は乳液のチューブを締めつけた。

ねっとりとしたものが、自分の中に勝手に流れ込んでくる感触に、藤野辺は尻の入り口を戦慄《わなな》かせる。

こんなものに感じている自分の姿に、呆れられてしまわないだろうかと思いながらも、気づけば尻が揺れる。

そっと薄目をあけると、膝立ちで屈みこむ弓瀬の中心で、すでに熱を帯びはじめている弓瀬のものが揺れているのが見えた。

弓瀬にやらせっぱなしではいかにも悔しい。そう思うと、自然とそこへ藤野辺の手は伸びる。

「っ……ふふ、サービスがいいな藤野辺」

「う、うるさい……ぅぅ……」

手にした弓瀬のものは、相変わらず長い。

先端をくすぐってから、ゆっくりと竿《さお》を握りこむと、手の中でその脈動をはっきりと感じることができる。

自分が弓瀬のそれを自由にしようとしているはずが、自分の手が犯されているような心地になる中、弓瀬が乳首を摘んできた。咄嗟に、弓瀬のものを握りしめそうになるのを我慢するが、二度、三度と続けざまにつねるように摘まれ、藤野辺は切なく喘ぐ。

「ゆ、弓瀬、ええやろもう……っ」

「………」

「ふぁっ、あ、あっ」

ちくちくと、膨らみきった先端を爪でつつかれ、悶えていると今度はまたそこを摘んでくる。

石鹸《せっけん》のせいですべるそこは、摘んでも弾かれたように弓瀬の指から逃げていくだけで、その刺激がまた辛い。

「お前が言うなら仕方ない、じゃあ、仕上げにしようか」

快感に悶《もだ》えながらも、必死で弓瀬の陰茎を指でなぞっていると、頭上で蛇口が回る音が鳴った。

本当に、胸を洗うのはもうやめてくれるらしいと安堵したところへ、浴槽に向かってシャワーヘッドから水滴が一斉に噴出した。

浴室に響く水音が心地よい。

そう思っていたのもつかの間、藤野辺の手技にときおり腰を揺らしていた弓瀬が、水温を確かめたシャワーを藤野辺に向けた。それも、たっぷり洗い、撫でこすった胸の突起を狙って。

「っ！」

痛みはない。しかし、一気に膨れ上がった激しいまでの快感に、藤野辺は弓瀬のそれも握っていられず、背を反らした。

たちこめる湯気に、一気にメガネが曇り視界を失う。

咄嗟に胸をかばおうとした手は弓瀬の手にとられ、嬲《なぶ》るようにシャワーヘッドを近づけられる。

強くなるばかりの刺激に体が逃げを打つのに、そのくせ明らかに悦楽を覚えて下肢は反応した。

肉壺が、挿入されたままだった小さなチューブを絞り上げ、中身がどろどろと藤野辺の中をとろかせていく。

ささやかなビニール製品の刺激が切なくて、藤野辺は我を忘れて腰を揺らした。太ももをこすりあわせ、悶える藤野辺の胸になおもシャワーをあて、弓瀬が熱っぽい声でささやく。

「そんなに可愛いと、毎日洗ってやりたくなるな」

「ひっ、ぁぁ、ぁああっ、あ、あかん、あほ、馬鹿、まぬけ！」

必死で叫ぶも、頭上から降ってくるのは掠《かす》れた笑い声だけだ。

ふと、視界が暗くなった。目を開けると、弓瀬の顔が近づいてくるところだった。

今までずっと触らないでいたもう一方の乳首にも、弓瀬の唇が触れようとしている。

「あっ、待て、そんな……っ」

「鎧《よろい》みたいにきっちり着込んでるスーツの下は、どこもかしこも弱い男だなお前は」

「んー！」

瞼《まぶた》の裏が、白く濁った気がした。

片方の乳首にシャワー。片方の乳首には、弓瀬の歯がそっとあたり、尻の奥深くでは、何かがぐちゃりと音を立てて泡立つ。

その、体の中に響く音を聞きながら、藤野辺は達していた。

「は、はぁ、ぅ……」

ぐったりと、湿気のこもった浴室の床に寝そべったまま、藤野辺の肌が震える。

いつのまにかシャワーの音は止《や》んでいたが、それに気づけないほど胸はじんじんと痺れたままで、藤野辺の性器からはとろとろと、少量の体液がこぼれ出している。

目元を赤らめ、限界まで達した快感の余韻にひくつく藤野辺の姿を、じっと弓瀬が眺めていたことに気づいたのは、随分たってからのような気がする。

ふと、メガネに誰かが触れた感触に目をあけると、弓瀬がレンズ曇りを指で拭《ぬぐ》うところだった。

クリアになった視界の向こうに、未だ欲望に染まった弓瀬の色っぽい微笑みがある。

「大丈夫か、藤野辺?」

「……うう、前も思うたけどお前……変態やないか?」

「そんなことはない」

きっぱり言い切ると、弓瀬は笑みを深めて藤野辺の膝を持ち上げた。

寝そべったまま、折りたたまれるようにして膝を持ち上げられると、今度は白い尻を彼の目の前にさらけ出すはめになる。

さっきのことも十分に羞恥に狂いそうだったのに、まだ続きが残っているのかと思うと、体の奥がじんと疼く。

この格好だと、弓瀬だけでなく、藤野辺もまた眼前に自分の性器がくることになるのだが、ふと、尻のあいだからチューブが生えているのを見て藤野辺は真っ赤になった。

慌てて、そこへ手を伸ばす。

「お、自分で抜いてくれるのか藤野辺。お尻を自分で弄《いじ》る藤野辺検事というのもエロくていいな」

「うるさい。お前はほんまに、あほとちゃうか……ん、んっ」

悪態をつきながらも、藤野辺は今さら後悔していた。

ずるずると、チューブを抜き出す刺激に内壁が戦慄く。

微かな刺激さえ心地よくて、このまま自慰でも始めてしまいそうな快感が粘膜から体の隅々まで走るのだ。

吐息をこぼし、弓瀬に見られながらチューブを抜き出すと、チューブの中に残っていた乳液が糸を引いて藤野辺の尻肌を汚す。

見なければよかった、恥ずかしい。

「すごいな、中がぐちゃぐちゃに濡れて、ひくついてるのが見える」

「ほら、そう言っただけで、入り口がぴくぴくした」

「………」

弱々しい反論しかできないのは、自分でも弓瀬の言うとおりだとわかっているからだった。

ましてや、乳首をいじられ、自分でチューブの中身を絞り上げただなんて、何か言い返そうにも言葉がない。

「藤野辺、俺のも、ここですすってくれないか？」

「くっ、す、好きにしたらええやん……っ」

「俺のわがままでたっぷり洗わせてもらったんだから、少しはお前のしてほしいこともしてやらないとフェアじゃないだろう？　だから、お前がしてほしいってわけじゃないなら、俺は挿れないぞ？」

優しい言葉の中身は今までで一番意地悪だった。

どこでそんな駆け引きを覚えたんだと、こんこんと説教してやりたいが、それよりも先に藤野辺の腹の奥深くが物欲しげに疼く。

「ゆ、弓瀬、お前今調子乗って、あとで覚悟できてるんやろな……っ」

「むっ、確かにそれは怖いな。なら、やめておこうか？」

「そ、そういう意味と違うっ……」

すなおになれない自分の声が、浴室に響く。

弓瀬が、いつのまにかこれ以上ないほど屹立《きつりつ》していた生々しい彼の性器を藤野辺の双丘の間にひたりと触れさせた。

柔らかな肌に脈動が伝わり、藤野辺の性器までぴくりと跳ねる。

弓瀬が、それを使って夢中で自分を貪ってくれるなら、それ以上の幸せがあるだろうか。

期待が体中を淫らに染めるのに、口だけは相変わらず偏屈なせいで、藤野辺は唇を震わせるほかない。

「藤野辺……してもいいか？」

「ぅう……ゆっ、弓瀬がしたいなら、かまへんっ」

最大限の譲歩が浴室に響く。響いた自分の声を聞いて、往生際の悪さが恥ずかしくなって藤野辺は小さな声でつけたした。

「俺も……お前のこと欲しいし……っ」

臀部と触れあう弓瀬のものが、いっそう熱を帯びたのを肌で感じた。

と、同時に藤野辺の膝裏を掴む弓瀬の手に、さらに力が籠《こも》る。

予感に震えた入り口が、柔らかく開いて弓瀬を受け入れた。

「あ、ぁっ」

たっぷり濡れた内壁を、ずるずると長い熱欲がこじあけてくる。

震える粘膜を容赦なくこすり上げられ、藤野辺はたまらず膝にある弓瀬の手を掴んだ。

張り詰めた怒張の熱さに、火傷《やけど》しそうな錯覚に陥る。

ずっと欲しがっていた藤野辺の後孔は収縮を繰り返し、がっつくようにして弓瀬の熱欲を味わおうとしていた。

「くっ、きっつ……」

「んん、んっ、は、ぅっ」

「藤野辺?」

優しく名前を呼ばれるが、しかし藤野辺は激しくつながった場所から湧き出る愉悦をやりすごすのに必死だった。

爪が滑り止めの敷かれた床をかきむしり、たまたま指に触れたものをすがるようにつかむと、シャワーのホース。それでも頓着《とんちゃく》できずに握りしめていると、藤野辺の奥深くに自身を収めたまま、弓瀬が一度動きを止めるとこめかみに唇を落としてくれた。

結合部が、耳をふさぎたくなるような音を立てる。

長い肉茎の先端が、ひくつく最奥《さいおう》の粘膜をくすぐり、ぞくぞくとした快感が背中を這いずった。

「あぁ、ぁっ……」

「藤野辺、そんなものじゃなくて、俺にしがみついてていいんだぞ、ん?」

「ぅ、ぁっ、そんなん、あかん。しがみついたら、お前のこと、よく見えへんようになる……っ」

何も考えられず、すなおに理由を口走ると、こめかみに何度もキスしていた弓瀬が少し笑った気がした。

ぐちゃりと、奥深くがつつかれ、弓瀬の顔が離れていく。

そして、膝をしっかりと摑んだまま大きく腰を揺すられる。

「んっ」

水音がして、溢れた乳液が温かな雫《しずく》となって藤野辺の臀部にいかがわしい筋をつくっていく。

その濡れる感触にさえ肌を震わせていると、弓瀬がゆっくりと腰を引きはじめた。圧迫感が抜けていき、楽になったはずなのに藤野辺の腹の奥は不満げにうねる。

「藤野辺、そんなに可愛いこと言うなら、目を開けてくれよ」

言われるがままに目をあけると、水滴の揺れるレンズの向こうに、自分に覆いかぶさる弓瀬の姿を捕らえ、その光景に藤野辺の内壁は疼いた。

その収縮を、弓瀬も感じ取ったのだろう。見つめあい、愛《いと》おしげに微笑んだかと思うと、再びその熱い楔《くさび》を打ちつけられた。

「んんんぅぅっ」

分だ。

弓瀬が、興奮している。

荒い息をこぼしながら、乱暴なほど夢中になって藤野辺を求めている。

浴室に、二人の吐息が響きあい、藤野辺は何もかもが弓瀬の一部になっていくような気分だ。

もう、二度とまともなことは考えられなくなるんじゃないか。そんな不安さえ覚える快感の波に翻弄されながら、藤野辺は下腹部に力を籠めた。

「ん、ぅっ……藤野辺、すごくイイ……。お前とこんな風になれて、幸せだ」

「あぁっ、ぁっ、ぁっ、ぁ、ふぁっ」

「藤野辺っ」

「ん、ぅんっ。ゆ、ゆみ、弓瀬っ、ぁっ」

体中が感じていた。

もう触れられてはいないのに、弓瀬のものを叩きつけられるたびに、そこから生まれた快感が膨らみきった乳首を電流のように刺激し、逃げ場がない。

足がひきつった。腹の奥がぐずぐずに溶け出しているような気がする。

「藤野辺、もう、イクっ」

その言葉と同時に、藤野辺の奥深くに屹立を叩きこまれた。

弓瀬が、自分の中で絶頂を迎えるのかと思うとそれだけで奇妙な興奮を覚え、藤野辺は奥深くへの刺激と、その興奮に煽られるようにしてあっと言う間にのぼりつめてしまう。

「っ……ん、ぅっあ……」

「う、くっ……」

絶頂の悦びに戦慄く藤野辺の淫穴が、ただでさえ限界だった弓瀬の肉茎を絞り上げる。とたんに、耳から犯されそうなほどいやらしい弓瀬のうめき声が降ってきたかと思うと、藤野辺の腹の奥深くに熱いものが放たれた。

感覚という感覚をぐずぐずにとろかされている体に訪れた互いの絶頂は、細く長く、戻ってこれないような気がするほど心地いい。

腹の奥で、うねる内壁が弓瀬の吐き出した体液を捏ねまわすあいだ、藤野辺は喘ぐことさえできずにがくがくと顎を震わせていた。

「はぁ、はっ……は……」

汗だくのまま、二人でいつまでも重なりあううちに、藤野辺はふと、まだ自分がシャワーのホースを握っていたことに気づく。

まだ、くったりと藤野辺の胸に額をもたせた弓瀬とともに、愉悦の余韻に浸っているのも心地いいが、頭にふと浮かんだ悪戯《いたずら》が離れない。

藤野辺は、身じろぐようにしてシャワーヘッドを摑むと、うっとりと藤野辺を抱きしめてくれている愛しい人の頭にその口を向けた。

シャワーヘッドは、その手元に放水スイッチがついているタイプで、藤野辺はすっかり耳からはずれかかっていたメガネのブリッジを押し上げ、蛇口を見上げた。水温は問題ない。たっぷり意地悪をされたのだから、この隙に少しくらい意趣返しをしてもいいだろう。二人の荒い吐息だけがこだましていた浴室に、カチリ、というスイッチ音が響いた。

その音に、咄嗟に頭をもたげた弓瀬の顔面に、見事シャワーの放水が命中する。

「うわっ、ぷっ！」

「よし、これでフェアや。水にむせてるお前も可愛いで弓瀬」

「ふぶ、ちょっ、止めてくれ藤野辺……むぶぶっ」

慌てた弓瀬にシャワーヘッドを取り上げられるも、ずぶ濡れになってしょんぼりと藤野辺を見つめる弓瀬が実に可愛かった。

しかし、その八の字眉は、別にシャワー攻撃にショックを受けたからではないらしい。

「藤野辺、お前あんなに乳首攻めまくったのを、シャワーぶっかけるくらいで許してくれるのか……。意外と心が広いな」

「意外と、は余計や。俺ほど心の広い奴、お前見たことあるか？」

「まあ、ざっと知りあい適当に思い浮かべるだけで、全員当てはまると思うよ。それより……」

弓瀬が、愉悦の名残のように吐息を漏らした。

しかし、それを名残だと思ったこと事態が間違いだった。

「……ゆ、弓瀬？」

「ん？」

ふわりと、弓瀬が微笑む。

ひまわりのように明るい微笑だ。しかし、見とれている間にも、藤野辺の中で、達したばかりのはずの弓瀬のものが熱を帯びていく。

生々しいその感触に、藤野辺の中が性懲りもなく疼いた。

弓瀬が、シャワーヘッドを藤野辺に向ける。

へそに温かい湯がかかるのは気持ちよくて大歓迎だが、その放水が、じわりじわりと腹から胸へ移動するのを見て、藤野辺の背中を冷たい汗が一粒流れた。

「あ、明日もお互い仕事やんな、弓瀬？」

「ああ。お互い頑張ろうな藤野辺。それより……いくらシャワーぶっかけてくれてもいいから、もうちょっとだけお前のつんつんに尖って、俺がいっぱい洗ってやった乳首、もっと可愛がらせてくれないか」

「……ぁ、ぁかん、あかん、あかんって、あ……んっ！　ふぁ、ぁっ」

じんじんと熱をはらみ膨らんだままの突起に再び激しい刺激が訪れる。

下腹部が、弓瀬のものを興奮させようとでもいうかのように、ぐちゃりと水音を立ててひくつく。

「あほー！　あかんって、言ってる、のにっ……ふぁぁああっ」

もう一度あの快感の海に突き落とされるのか……と、恐怖を覚えた藤野辺の声は、ただただ弓瀬を煽る役にしかたたずに浴室にこだまするのだった。


ひまわりの季節は一層遠く、寒さの厳しい冬がやってきた。

今日も寒いですね、とそれしか特に挨拶のネタがなかったらしい正木のことを、一瞬大丈夫だろうかと思ったものの、それでも自分に挨拶できるようになっただけ肚《はら》も据わってきたか、と藤野辺は考えなおした。

判決の日、開廷から閉廷までの時間はわずか十五分にも満たない。

起訴から三カ月、ようやく弓瀬と藤野辺の戦いは幕を下ろしたのである。

法廷を出た廊下で、感慨深げに何か話しこんでいる正木と、その両親の姿を壁にもたれて眺めていると、今にも踊りだしそうな笑顔の弓瀬が肩を叩いてきた。

「藤野辺検事、お疲れ様！」

法廷でこそ、いつもと違い粛然とした態度で判決を待った藤野辺だが、一歩法廷を出れば、むしろ次の裁判待ちの凶悪犯罪被告人、のような物騒な空気を醸し出している。

この寒さ厳しい真冬に、ひまわりのような明るさを見せる弓瀬と、それをぎろりと秋霜烈日を表現したような眼光で睨む藤野辺。

裁判の結果など、傍聴席にいなくてもわかってしまう光景だ。

「おや～藤野辺検事、顔が怖い。疲れてるようだし、結審祝いにランチでもいこうか！」

「お断りや。なんでお前の一仕事終えて大満足のツラ見ながら食事せなあかんねん。太るわ」

膨れ面でもしそうな勢いでそう言われても、痛くも痒《かゆ》くもないらしく、弓瀬のにんまり顔は陽気さを増しただけだ。

「なんやその顔は、お前午後からあのヌケ作の初公判やのに、大丈夫なんか」

「大丈夫大丈夫。その前に、お前と一緒にリラックスしようと思ってこうして食事に誘ってるんじゃないか」

「あほ。苛立ちが増して法廷で乱闘起こすわ」

「冗談に聞こえないから怖いんだけど……」

藤野辺が人目もはばからず「ヌケ作」と言ったのはほかでもない、あの脅迫男である。

あれから早いものでもう半月。ボロを出しまくっている脅迫男は、とりあえず藤野辺への脅迫暴行容疑で裁判が行われることとなった。

狭い世界だ、庁内の人間どころか、こうして法廷にいるだけで見知らぬ人間からさえ好奇の目で見られることもしばしばだが、ゲイだなんだという脅迫男の証言は知らぬ存ぜぬでやりすごしている。

脅迫男の行状があまりに悪く、余罪が次々と露見したことも手伝って、面倒なのに絡まれたなとばかりに、最近は藤野辺や弓瀬に同情票が集まっているのがありがたいところか。

最大の援護射撃は「藤野辺さんと弓瀬さん、とっかえひっかえ仲間ですからねえ。あの顔で二人して女の子誑《たぶら》かしまくってるらしいです。うらやましい限りですよ」と曲解と妄想と仕事の憂さ晴らし、それらすべてが籠められた三枝の嘘かもしれない。

ありがたくもなんともないのだが、なぜかゲイ疑惑よりも信ぴょう性が高いらしい。

やはり、三枝とは今度ちょっと、邪魔の入らない場所で話をつけたほうが良さそうだな、と三枝のあなどれない笑顔を思い出していると、弓瀬が顔を覗きこんできた。

「なあ、本当にランチどうだ？　これでも緊張してるんだよ。下火になったゲイ疑惑を、法廷でそのまままた蒸し返されちゃうんだしさ」

「い、や、や。言うとくけど俺はまだ仕事モードやで。なんで都合よく気持ち切り替えておまえとちゃらちゃらメシ食わなあかんねん。ゲイ疑惑なんか『知りまへーん』って言うといたらええねん」

「お前、本当になんで法曹界にいるのかわからないくらい堂々と嘘つくよな……」

「ふふん、恐れいったか」

「いや、少しは恥じろよ……」

今度は、弓瀬のほうが拗ねたような顔をする番だった。

よほど食事を一緒にしたいらしい。

「な、なんやねんな変な顔して。食事なんかして緊張ほぐさんでも、脅迫野郎の担当してくれる松原検事は、やり手やから大船に乗ったつもりでおったらええねん！」

「その船に乗る前に、港でリラックスしたい男の気持ちがだな……」

ぶつぶつと不満をつぶやきながらうつむいてしまった弓瀬に、藤野辺は心が揺れかける。

正直、今見ていたくない顔なのは確かだ。精いっぱい戦ったつもりだが、結局裁判は弓瀬の思惑通りになったことになる。

裁判の結果が悔しくもあるし、被害者に申し訳ないとも思うから、すぐにでも次の仕事のために気持ちを切り替えたかったのだが……食事くらいしてもいいか。

弓瀬にはつい甘くなる思考回路がそんな結論を出しかけたときだった。

じっと見つめていた弓瀬の頬が、ゆるゆると緩みはじめる。いつのまにか独り言も終えたようで、物思いにふける秀麗な面貌が、次第にいけない大人の集大成のような表情に変わりはじめるのを見て、藤野辺は青くなって弓瀬の肘を掴んだ。

「弓瀬、あかん、その顔は裁判所で見せてええ顔とちゃう……」

「えっ？　そう？　俺今いけない顔してた？」

はたと我に返った弓瀬は、恥ずかしそうに頬を撫でるとこともなげに言った。

「いや、お前のことだから、今これだけツンツンしてたら、今夜可愛いご機嫌伺いの電話してくるんだろうなと思って」

「……せえへんし」

「するじゃないか。きついこと言っちゃった日は必ず電話くれるよな。電話の中身もすなおじゃないけど。今日はわざわざ電話せずにすむよう、最初からホテルに誘おうかなとか思ってたらつい……」

「せえへんわ、あほ！　もうええ、ちょっと仏心出しかけた俺があほやったわ。とにかく、正木のことはきっちり言い含めてまともに更生させるんやで。謹慎させせとけよ！」

「うん、正木さんに、お前が『更生期待してた、お体に気をつけて』って言ってたって伝えとくよ」

「ちゃう！」

藤野辺の激昂を避けるように、弓瀬は笑いながら歩きだした。

その進行方向から「弓瀬先生！」と呼ぶ声が聞こえる。

正木が、いつもより少しだけ明るい顔をして、弓瀬を呼んでいた。

「それじゃ、またあとで」

「ふん」

「そうだ、言い忘れてたんだが……。お前と戦えてよかった。お疲れ様」

「……お疲れ。ほな、またあとで」

いつもの癖で飛び出しそうになる悪態を胸に収め、藤野辺は静かにうなずいた。

弓瀬が積極的に刑事事件や国家賠償関係の仕事を扱わない限り、藤野辺と同じ法廷で向かいあうことは今後なかなかないだろう。

奇跡的な再会は、二人にとって一つの、そして大きな節目でもあったのだ。

ゆっくりとその凹凸をなぞり、乗り越えてきたのだと思うと、結果はともかくとして感慨深いものがある。

去りゆく弓瀬の背は、再会したばかりの頃より一層、頼りがいがありそうに見えた。

ひいき目だ。そうわかっているが、その背中から目を離せない。

正木が笑っている。礼を言っているのだろう、深々と頭を下げる彼の姿こそが、弓瀬がどれほど真摯にこの仕事と向きあってきたのかという証明のように思えた。

飽きもせずにその背中を見つめていると、ふいに弓瀬が、まるで誰かに呼ばれたような仕草で振り返った。

黒い髪が揺れ、少し驚いたような瞳が藤野辺を捕らえる。

またあとで、なんて言いながらずっと弓瀬の背中を見つめていたことがばれたというのに、藤野辺はいつものようにうろたえることも、羞恥に襲われることもなかった。

ただ、絡みあった視線に自然と頬が緩む。

弓瀬弓瀬と、うるさい心の声がきっと聞こえたのだろうと思うとおかしくて。幸せで。

同じように弓瀬も微笑んだ。

すっくと立つ大輪のひまわりのような男の微笑は、思い出よりもずっと眩しかった。

検事はひまわりの知らないところでのろけてる

自分はいつも、巡り合わせに恵まれていると弓瀬《ゆみせ》は思っている。

週末になるたび入り浸っているなじみのバーもその一つで、うすうす感じていた自分の同性愛傾向を確かめるため、緊張しながらも足を踏み入れた初めてのゲイバーがこの店だった。気取りすぎず、騒ぎすぎない店内には、しつこいお誘いも詮索《せんさく》もよしとしないマスターが作り上げてきた落ちついた空気が満ちている。

しかし、今日に限っては古い知りあいに絡まれるはめになり落ちつかないが。

「みんなも噂《うわさ》してたけど、弓瀬が遊ばなくなったって本当なんだね」

「ああ。いつまでも一人寝が寂しいなんて、甘えたこと言ってるのは恥ずかしくなってきてさ」

「ふん。甘えてるようにはとても見えなかったぞ？　あんだけ人のことベッドで翻弄《ほんろう》しておいて、いまさらカマトトぶるなよ」

去年まで、至る所で遊びまわっていたため、後ろめたい記憶のある弓瀬は、懐かしい元セックスフレンドの下手くそな嫌味に思わず笑ってしまった。

「どうしたんだよムキになって」

「ムキにもなるだろ。急にセックスフレンドと手を切る男ってのは、たいてい本命ができたんだ。弓瀬みたいな男が、だれか一人に夢中になってるなんて、勿体《もったい》ないじゃないか」

「うーん、ところが、相手のほうがよっぽど俺には勿体ない、いい男なんだよ」

笑いながら、元セックスフレンドの嫉妬《しっと》に惚気《のろけ》を返す弓瀬の脳裏に浮かぶのは、もちろん検察庁の三悪検事、藤野辺《ふじのべ》の姿だ。

口も態度も悪いが、情熱的な法曹界仲間。

文句を言うふりをして人の心配ばかりして、一途《いちず》に弓瀬の背中を見守ってくれていた男でもある。

本命ができたから、遊び相手との関係を清算するのは当然のこととしても、なまじ藤野辺が存外潔癖な性格の影響か、最近弓瀬は遊び相手にも中途半端な関係を持ってしまって申し訳ないと思うようになっていた。

セックスフレンドだとお互い言いあいながら、それでも目の前の男は弓瀬と過ごす時間を大事にしてくれていたからこそ、弓瀬の変化にこんな険しい顔を作ってみせるのだろう。

「信じられねえ。なにそのベタ惚《ぼ》れ。まさか、おとなしい清純タイプにうっかり騙《だま》されたりしてないだろうな」

「んっ」

たまらず、弓瀬はカルアミルクを吹き出しそうになった。

おとなしい清純派。なんて藤野辺に似合わないどころか、彼の辞書にそんな言葉があるかどうかも疑わしい。

「ったく。あの盗撮野郎の情報あんなに流してやったのに、せめて本命作る前に俺に予告くらいしとけっての」

「恋とは予告なくやってきて、理性のすべてを攫っていってしまうものなんだよ」

「ださい」

「ははは。でも、本当に盗撮野郎の件は助かったんだぞ。何人か、訴える方向で話進めてくれてる人もいるし」

「マジ？」

マジ、と応じながら、弓瀬はまさに今朝、話しあったばかりの内容を思い出していた。

正木義晴《まさきよしはる》の弁護にかかわった際「ゲイだとばらされたくなければ……」といった脅迫を受けていた弓瀬だが、その件をよかれと思って伏せていたばかりに、藤野辺を巻き込んでしまってからはや二カ月近く。

被害者であるはずの藤野辺が、トラウマなど感じさせない居丈高な態度で、法廷で脅迫男を追いつめた裁判はすでに判決が出ている。

歯がゆいが、脅迫男の行為はどれも中途半端で、さしたる罪に問われることなく罰金刑で終わってしまったが、しかし弓瀬はもとよりこの裁判のみであの男を許す気はなかった。

藤野辺を巻き込んでしまう以前から内偵を進めていたが、ゲイ仲間から聞かされる脅迫男のもう一つの顔は「盗撮男」だったのだ。

一人一人から話を聞き、脅迫男を訴えたい事情のある人間を探していたところに藤野辺が襲われてしまい、そのさなか、身柄を拘束された脅迫男のカメラから、大量の写真データが見つかり、その犯罪性の高い記録は弓瀬のこれまでの内偵を後押ししてくれるものだった。

それを元に、警察にも頻繁に相談をするうちに、最近ついに正式に脅迫男を訴えてくれる被害者を見つけることができたのだ。

十分被害者と話しあい、今日ようやく、弓瀬は担当検事と起訴手続きの相談に挑んだ。

事件担当の松原《まつばら》検事は、藤野辺と脅迫男の裁判でも担当だった男で、インテリなイノシシ、と噂される豪放磊落《ごうほうらいらく》な検事である。

「松原さん、どうでしたか被害者の雰囲気は」

一度、今回訴え出た被害者と松原を面通しさせた弓瀬は、松原の本音が知りたくて尋ねた。

「ああ、印象のいい男だな。真面目で誠実そうで、裁判官も同情しやすいだろう。どっちが加害者かわかんねえ態度とる藤野辺とはえらい違いだ」

「なんですか松原さん、俺に喧嘩《けんか》売ってはるんですか」

「バカ野郎。武器も用意してねえのにおまえに喧嘩売る命知らずがいるか！」

「その漬物石みたいな手なら、バールやら鉄パイプよりよっぽど凶器でしょ」

「こんな繊細でキラキラした結婚指輪つけてる俺の手のどこが凶器だ。指輪をつけるアテがいまだにないお前には、この指の美しさがわからんかね」

「指輪も、はまる指くらい自分で選びたかったと思いますよ」

検察庁の厳粛な雰囲気に包まれた、藤野辺の検事室に、できれば関わりたくない嫌味の応酬が飛び交う。しかし、このままでは話が進まないとばかりに弓瀬は勇気を出して口を挟んだ。

「二人ともどうどうどう。とにかく、被害者さんも松原さんとの話し合いで、だいぶ裁判で状況を変える希望を感じられるようになったそうですし、細々した事件になりますけど、よろしくお願いします」

「どうどうどう、って、弓瀬お前はさりげなく失礼なやっちゃな……」

「俺らは暴れ馬か」

まったく最近の若いもんは。などとぶつぶつ言いながら、松原は手元にあったコーヒーに口をつけた。

弓瀬も同じように一口すすったが、ブラックコーヒーは苦すぎる。ちらりと藤野辺を見やるが、意味深な睨《にら》み顔を返されただけで、砂糖壺《さとうつぼ》の在処《ありか》は教えてもらえそうにない。

先週、糖分摂取量について喧嘩をしてしまったのだが、まだ根に持っているらしい。

「どないです松原さん、実刑でいけそうですかね」

「わかんねえなあ。まだ、加害者のほうが取り調べで何吐くかわかんねえし」

被害者の資料を見ながら真面目な話に終始する藤野辺を観察するうちに、心なしかいつもより苛々《いらいら》しているように見えてきた。

疲れているのだろうか。

自分だけでなく、きっと藤野辺にも糖分が必要に違いない、と弓瀬は都合のいい言い訳をなんとか作りあげ、ひと匙《さじ》でいいので砂糖を所望しようと決心したそのときだった。検事室の扉が音をたてて開き、事務官の三枝《さえぐさ》が両手いっぱいに荷物を抱えて戻ってきた。

「おやもうお越しでしたかみなさん。おかまいできずにすみません。おはようございます弓瀬さん、先日の裁判以来ですね」

「あ、三枝さんおはようございます。お邪魔させていただいてます」

「おや……」

弓瀬の挨拶《あいさつ》に、三枝は何を思ったのか愁眉《しゅうび》を寄せると、両手いっぱいの荷物を机に置き、部屋の隅の棚を漁《あさ》りはじめる。

そして、何か小さなものを取り出すと、すぐに弓瀬らが額を突きあわせているソファー席までやってきた。

「すみません松原さん、砂糖とミルクです。弓瀬さんも、入れたほうがお好みでしたらぜひどうぞ」

弓瀬と松原の目が輝き、一方藤野辺はむっと眉間《みけん》に皺《しわ》を寄せた。

「この部屋、砂糖とミルクあったんや……」

「知らなかったのかお前」

嫌がらせでブラックコーヒーを飲まされていたわけではないらしい。藤野辺の漏らした真実に呆《あき》れながらも、弓瀬は松原とともにコーヒーに二杯だけ砂糖を入れる。

その手元に、三枝はさらに弓瀬と松原を喜ばせるものを差し出してくれた。

「それから、甘党のお二人がお越しになると聞いていたので、お茶菓子も買ってきました」

「そりゃありがたい！」

「すみません三枝さん、お気を使わせてしまって」

早速、遠慮なく箱に並んだチーズスフレを手にとった松原に続き、弓瀬も遠慮がちなのは言葉ばかりで、手はすぐにお菓子に伸びる。

藤野辺の視線が実に冷たいが、慣れないブラックコーヒーで体中の細胞が甘いものを求めているのだ。一つくらい勘弁してほしい。

「三枝さん、日頃から甘いもんむさぼって血液も脳味噌《のうみそ》もアマアマの甘党を、さらに甘やかしてどないするんですか」

「藤野辺さんも食べてくださいよ。朝から、お腹《なか》鳴ってらしたでしょ？」

「へっ？」

大事に食べるつもりが、柔らかな舌触りと甘いチーズの香りに負け、一口でチーズスフレを食べてしまった弓瀬は、三枝の言葉に驚いて藤野辺を見た。

三枝の指摘は図星だったのか、目を瞠《みは》った藤野辺の頬《ほお》はほんのり赤く色づいている。

「ち、ちょっと三枝さん、客の前でそんなこと、ばらさんといてくださいよ！」

「でも、言わないと藤野辺さん、なかなかお菓子食べてくれないじゃありませんか。あ、弓瀬さん、どうぞいくつでも召し上がってくださいね」

「ありがとうございます」

お言葉に甘えてさっそく二つ目の包みを開けながら、弓瀬は藤野辺の顔をのぞきこんだ。

「お前、朝飯食ってないのか？　まさかダイエットとか言い出さないだろうな」

「ちゃう。ちょっと朝ばたばたしただけや。……朝弱いねん俺」

ちらりと、一瞬だけ藤野辺の視線が弓瀬の視線と絡みあう。

お前やったら知ってるやろ。

そんな声が聞こえた気がして、弓瀬はにやけそうになった頬を慌てて引き締めると、居ずまいを正した。

確かに藤野辺は朝が弱い。あれだけ日頃きゃんきゃんと何にでも噛《か》みついていればさぞかし血圧が高いだろうと思いきや、朝はなだめてもすかしても枕と離れたがらない。

それを知っている、とこの場で言うわけにもいかず、弓瀬は二人だけの秘密に浮き立つような心地で、開封したばかりのチーズスフレを藤野辺に差し出した。

「じゃ、ノルマ三つな。しっかり食わないと、昼まで持たないぞ」

「お前や松原さんと違うねんから、そんなに食えるか、あほ」

口は悪いが、すなおにお菓子を受け取ってくれた。

仕事中だ。当然藤野辺と恋人らしい時間を過ごすことはできなかったが、弓瀬は上機嫌だった。

正木の事件が終わって以来、藤野辺と仕事で顔を合わせることはなく、恋人の検事姿を見るのは久しぶりだったからだ。堅苦しい仕事の話をして、そのあとこっそり、今夜のデートの約束を人目を忍んで取りつける。そんなやりとりがやけに新鮮で甘酸っぱくて、弓瀬はにやける顔もそのままに、相談を終えると検察庁を後にしたのだった。

だが、結局夜まで一度たりとも引き締めることのできなかったにやけ顔のせいで、今はこうしてバーで元セックスフレンドに絡まれてしまっている。

その、元セックスフレンドの背後の曇りガラスに、人影が揺らめいたことに気づき、弓瀬は席を立った。外から店内の様子は見えないが、店内からは来客がわかるように曇りガラスがはめこまれているのだ。

約束の時刻ぴったり、そして髪の毛一本の乱れも見えないシルエットから、藤野辺だろうと確信した弓瀬は、まだ半分しか飲んでいないカクテルの金をカウンターに置いた。

元セックスフレンドの存在は、きっと藤野辺を不愉快にさせるだろうと思うとそれが嫌で、藤野辺の入店より先に退散しようと思ったのだ。

「おい、弓瀬！」

「じゃあな。俺、今から恋人とデートだから」

入り口まで向かうと、ちょうど細く開いた扉の隙間《すきま》から藤野辺が顔をのぞかせる。

店に入ろうとしたそばから、弓瀬が現れたことに驚いた様子の藤野辺の肩を掴《つか》むと、弓瀬は迷わず夜の街へと足を踏み出した。

はっきり「恋人」と口にしたことで、ようやく納得したのかなんなのか、元セックスフレンドの声が追いかけてくることはなかった。

「藤野辺、本当にこのホテルでよかったのか？」

バーからもほど近いいつものホテルは、相変わらず営業中を示す看板がどこにも見当たらない怪しげな雰囲気で、個室に入ってしまえば現実から隔離されたような気にさせるほど、古めかしい空気に満ちている。

この退廃的な雰囲気を弓瀬は気に入っていたが、藤野辺と来るのには少し気になることがあった。

いちいち弓瀬に伺いを立てるとはいえ、藤野辺は弓瀬の家に来ると掃除をしたがる。神経質なのか綺麗《きれい》好きなのか判断しかねていたが、今日見た藤野辺の検事室も塵《ちり》一つ落ちていないかのような光景だったところを見るに、綺麗好きなのだろう。

となると、古びた部屋や薄暗い照明には嫌悪感があるかもしれない。

しかし、藤野辺から返ってきたのはきょとんとした惚《ほう》け顔だった。

「え、なんで今さら?」

「ん?　いや……そろそろお前の好みのラブホテルリストでも作っておこうかと思ってさ」

茶化すように言うと、藤野辺は背広をハンガーにかけながら、何か言葉に迷っているようだ。

ワイシャツとスラックスだけになった細腰の後ろ姿が、部屋の暗い照明にぼやけるように浮かび上がり、いやらしい。

そっと、その背後に近づく弓瀬に、藤野辺がようやく口を開いた。

「マメやな、お前は。俺はずぼらやから、好きなラブホの候補さえ頭にあらへんわ」

「明確にどこがいい、じゃなくても、こういう雰囲気のところがいい、とかさ」

すぐ近くで声がしたことに驚いたのか、ネクタイをほどいていた藤野辺が振り返る。怜悧《れいり》な瞳《ひとみ》が、ほんの少し緊張したように輝いていた。

「こ、ここは嫌いやない」

「そうなのか？　ほら、お前けっこう綺麗好きだから気になって」

「確かに古いけど、綺麗にしとるのはわかる。ていうか……お前と初めて会《お》うた場所やし」

それだけ言うと、藤野辺は口の中で何かぶつぶつと悪態をつきながら視線を逸《そ》らした。

藤野辺と初めて会った場所は、厳密に言えば小学校だ。大人になってからの再会は、正木の起訴の手続きのため、裁判所で。

だが、藤野辺の言葉に、弓瀬は容易に乱交パーティーに参加せざるを得なかった夜を思い出す。

いつもなら行かないパーティーに、騙されるようにして参加してしまった夜。

あのミステイクがなければ、藤野辺とこうして「出会う」こともなかったかもしれない。

ただ、法廷で争い、仕事が終われば縁はなくなり、ときおり裁判所で藤野辺の噂を聞く程度だったかもしれないと思うと、確かに初めて会った場所と言うにふさわしいかもしれない。

それだけ、藤野辺にとって弓瀬との関係は思い入れのあるものなのかと感じるといてもたってもいられず、弓瀬は彼を後ろから抱きすくめると、勢いよく背後に倒れ込んだ。

「うわっ！」

鼓膜を、藤野辺の焦った声が震わせるが、二人の体はうまくベッドに背中から着地する。

抱きしめた体ごとベッドの上で弾むと、無邪気な心地になってきた。

「じゃあ、けっこう好きなんだ。このホテル」

「う、うるさいあほ。危ないやないか！」

「あ、間違えた。俺と、このホテルに来るのは好きなんだ。可愛いなあお前は。俺も、お前とここに来るのは好きなんだけど、俺も可愛いか？」

「あほ！」

藤野辺の「あほ」は一つの言語なのかもしれない。

イントネーションやＴＰＯで意味が変わるのだ。最近その意味が聞き取れるような気になって、弓瀬はちょっとばかりバイリンガル気分を味わいながら、まだ「あほ」と罵《ののし》る藤野辺の首筋に鼻先を押しつける。

こまめに洗い、アイロンをかけている衣服の香り。さわやかな整髪剤の香り。それから、皮膚に染みついた石鹸《せっけん》の香り。

清潔そうな香りばかりが混じりあう中に、そっと汗の匂いが隠れているのが色っぽい。

そうやって匂いをかがれるのが恥ずかしいとばかりに身もだえた藤野辺のスラックスに手をかけ、弓瀬は器用に藤野辺の衣服を脱がしていく。

「ゆ、弓瀬！　待て、タイム、たんま！　風呂か、説教か、なんにしろ順番が違う！」

「……説教？」

風呂はともかく、続いた言葉がいかにも不穏で、弓瀬はのしかかるようにして藤野辺の顔を覗《のぞ》きこみながら、彼の足から抜き取ったスラックスを遠くに放り投げた。

暗がりに浮かびあがる白い足。藤野辺はかつて自他ともに認めるデブだった、というだけあって、痩《や》せた今でもその皮膚は肉厚に伸びきっていた名残か、妙な柔らかさがある。指の沈むようなその柔らかな太ももの皮膚をなぞりながら、弓瀬は首をかしげてみせた。

「お前の説教は下手したら、エッチしないまま朝までコースになりそうなんだが、俺はお前を何か怒らせたっけかな？」

「弓瀬、俺が先週、なんで怒っていきなり帰ったんかわかってるんか」

その話か。と、脱力した弓瀬はワイシャツ越しに藤野辺の乳首を弾《はじ》いた。

びくりと、腕の中で恋人の体が跳ねる。しかし、藤野辺は負けてはいなかった。

「っ……。あ、あのなあ、あのときも言うたけど、お前はほんまに甘いもん食べ過ぎやねん！ 買ったばかりの一リットルアイスが、翌朝見たらあと大さじ一杯しか残ってない。今日も三枝さんの買うてきてくれたお菓子、一人でほとんど食うてどないするねん！」

反論に困り、弓瀬は唸《うな》った。

一リットルアイスは、あと大さじ三つくらいは残していたし、今日のチーズスフレの件は松原との共犯だ。しかし、そのことを言っても藤野辺の不安を和らげてやれるわけもなく、降参の溜息《ためいき》を吐《つ》いた。

「わかってるよ。これでも、コーヒーに入れる砂糖を減らすところから頑張ってるんだ」

「その頑張りは、まさに今朝、俺の部屋で潰《つい》えたんやな。まあ、ブラックで出した俺も悪かったけど……。お前の民事訴訟の判例たっぷり詰まった脳みそには、糖尿病というポピュラーな病名が入る隙間がないんか」

藤野辺はぷりぷり怒っているが、その怒りの正体が「心配」であることが弓瀬には痛いほどわかった。しかしその実、弓瀬の甘いもの中毒が加速しているのは、藤野辺とつきあうようになってからだ。

去年のセックスフレンドとの交流にまみれた時代といい、自分は不安があると何かに依存する体質なのだろうか。と我がことながら情けなくなるが、最近の弓瀬は、藤野辺とのつきあいに一つだけ物足りないものを感じて、その穴を埋めるように甘いものに手が伸びてしまうことがある。

「藤野辺、俺のこと好き?」

「なんや、俺が小うるさいからて、うやむや攻撃か」

「まさか、違うよ。でもほら、直接好きって言ってもらえると、すごいエネルギーになって一週間くらい甘いもの食べずに頑張れそうなもんだから」

急速に、甘いものが欲しくなってきた。

しかし、甘いものではなく、本当に欲しいものを求めて選んだ言葉は、藤野辺にすげなくはねのけられる。

「茶化すんもええかげんにしい。まったく、心配して損したわ」

拗《す》ねたようにベッドにうずまる藤野辺の顔。表情はわからないが、耳は真っ赤だ。

本気で「茶化している」と思っているのではなく、好きという言葉に照れているのは一目《いちもく》瞭然《りょうぜん》。

それでも、目の前の朱色よりも、弓瀬はささやかな言葉が欲しいと渇望していた。

これだけ愛されていることを実感しながら、我ながら欲深いと苦笑が浮かぶ。しかし、あまりにすなおでない藤野辺と一緒にいると、自分のしてやれることが少なすぎて……藤野辺は、脅迫男の裁判も、一人でも戦ってやると言わんばかりの威勢を見せ、腹を空《す》かせてもおくびにも出さず熱心に仕事に打ち込む。

そんな藤野辺の強さを補ってやれるのは同業者の松原であり、そんな藤野辺をすぐ傍らで支えてやれるのは、事務官の三枝なのだ。

嫉妬だ。藤野辺のまわりにある何もかもがうらやましくてたまらない。

ときおり、自分が一番遠くにいるような気がする。好きだという言葉があれば、自分こそが一番藤野辺の近くにいる証明になるような気がして、つい弓瀬ははっきりとした言葉を求めてしまうのだった。

「藤野辺、俺はお前のこと大好きだぞ。愛してる」

耳を舐《な》めると、藤野辺の肌が粟立《あわだ》つ。

激しくしてやりたい。何も考えずにすむほどに。

ときおり、寝入った藤野辺がうなされていることがある。さしものこの男も、あの暴行の夜を夢に見ることもあるのだろう。

ただ黙って背中を撫《な》でてやり、藤野辺の眉間の皺が緩むのを待つのだが、夢さえも一番近くにいるのは脅迫男で、自分ではないことが寂しかった。

もつれあい、絡み合ううちに二人の着衣はどんどんベッド下へと追いやられていき、触れ合う肌の面積が広がれば広がるほど、じりじりとした欲望が体中を這《は》いはじめる。

ベッド脇に、藤野辺の手が伸びたかと思うと、アメニティのローションを摑んだ。

小包の封を切ると、とろりとした液体が藤野辺の下肢にこぼれ、繁みを濡《ぬ》らしていく。

じっと、弓瀬を見上げてくる藤野辺の瞳は熱欲に潤み、その指はローションにまみれた彼自身の下肢を這いずりまわる。

強気に見つめてくるくせに、藤野辺の目尻には羞恥の赤が色づいていた。

誘われている。そう自覚すると、弓瀬の腰の奥深くで、獣じみた欲望がうずいた。

「自分でほぐすのか、藤野辺？　俺のあれで、いつもぐちゃぐちゃにかきまわされてる可愛い孔を」

「あの孔可愛いんか……眼医者行き」

つれない。しかし、指先は弓瀬の言葉に応じるように、尻のあわいへと伸びる。

たまらなくなって、弓瀬は藤野辺の膝《ひざ》を摑むと、大きく割り開いた。目の前に藤野辺の恥ずかしい場所のすべてがさらけ出されているそれは、触らないうちから弓瀬の雄を反応させるのに十分な光景だ。

藤野辺の指先が、秘所の固い窄《すぼ》まりを撫でる。そして、ゆっくりと指が一本、その中へと消えていった。

「っ……そ、そこまでじろじろ見ることないやん……」

「見るよ。ローションがお前の尻の谷間に筋作ってるのがすごくいやらしいし、見られてるだけで膨らみはじめた性器が、どこまで興奮するのか知りたいし」

「あほっ」

「ん？　恥ずかしいこと言われたとたん、お前のそこ、ひくついたな……」

ぐっと、弓瀬は藤野辺の尻に顔を近づけた。

すると、藤野辺の指を咥《くわ》えていた後孔がまたひくつく。きゅんと、指を飲み込むように窄まりが震え、それが自分のものを咥える瞬間を想像した弓瀬の陰茎も、また熱を帯びた。

藤野辺の臆病《おくびょう》な手をそっと摑むと、弓瀬は藤野辺にささやいた。

「ほら、もっと奥までかきまわさないと……」

「やっ、う……っ」

うながされるままに、藤野辺の指が彼の奥深くへ沈み込んでいく。

余っていたローションをたっぷり注いでやり、指をもう一本、うながしてやる。

「っ……、ん、んっ」

太ももを抱え、そのつけ根に吸いつくと、藤野辺の指が何かを求めるように大きく蠢《うごめ》いた。すぐ耳元で、狭い粘膜の道でローションが掻《か》きまわされた音が鳴る。

「もっと掻きまわして、藤野辺。俺の性器が、いつもお前の中をどうしてるのか思い出すみたいに、ぐりぐりって。ほら、そのくらいの深さで……」

「っ！　や、あかんっ……、待って……」

待ってと言いながら、藤野辺の指は勝手に動いていた。

軽い抜き差しを繰り返しながら、手首をしならせるようにして指を蠢かせている。

「ん、んっ。はっ、あかん、やっぱり、見んといてっ」

「駄目。全部見せて。藤野辺が、俺の性器のこと考えながらお尻いじって、俺のが早く欲しくてひくひくしてるところ、全部」

そうささやいて、弓瀬は藤野辺の陰茎にそっと息を吹きかけてやる。

「ふっ……ん……っ」

「可愛い」

「お、男の股間《こかん》で、可愛いとかほざくのは名誉毀損《きそん》やでっ」

積極的なのか、それとも指が止まらないのか。藤野辺が、耐えきれないように自分の後孔に両手を這わせると、両手人差し指がひくつく括約筋に触れた。

ずるずると、ローションまみれの指を後孔に挿入しながら、藤野辺ははしたない呼気を漏らす。そして、恥ずかしそうに弓瀬から視線をそらすと、両の指でこれから入り口となる場所を押し広げた。

痛いほど、弓瀬の性器が脈打つ。その拍動に触れているかのように、藤野辺の内壁が戦慄《わなな》くのが見えた。

底の見えない孔は、ピンク色の粘膜が震えるようにひくつき、弓瀬の理性にへばりついてくるようだ。

「んっ、……ゆ、弓瀬、お前も早く、ここで気持ち良うなって……」

己で懇願しておきながら、その言葉に藤野辺の陰茎が揺れた。その雄の、明らかな興奮と欲望を目にしたとたん、弓瀬の理性は獣欲に変わり、あっと言う間に藤野辺の腰を掴むと淫《みだ》らなそこへ己の肉欲を沈み込ませていた。

「ん！　ん、ぁっ」

震える嬌声《きょうせい》がたまらない。好きだというすなおな言葉が聞けないかわりに、この甘い音をたっぷり聞かせてもらおう。

柔らかな粘膜が、少しきつそうに弓瀬のものを受け止める。かきわけるようにして奥まで侵入すると、細かな蠕動《ぜんどう》が弓瀬の興奮を包み込んだ。

「藤野辺、好きだぞ。愛してる」

「っ……」

藤野辺は答えなかった。しかし、うねる内壁が苦しいほど弓瀬のものに絡みつき、たまらず弓瀬は腰を使った。

ベッドがきしむ。もしかしたら、何か返事をしてくれたかもしれない藤野辺が、唐突な刺激に翻弄されるようにのけぞった。

白い喉仏《のどぼとけ》が震えて、甘い呼気がこぼれる。

「あっ、弓瀬、弓……っ、ん、んっ」

欲望も煩悶《はんもん》も愛情も、藤野辺のどん欲な体に食べられてしまいそうだ。

その快感に抗《あらが》えず、弓瀬は「俺も好き」の一言をじっくり待つこともできないまま、藤野辺の欲望と深く溶けあってゆくのだった。


恋をすれば、満たされることもあれば寂しいこともある。

藤野辺がすなおに愛の言葉をささやいてくれないからといって、そのすなおでないところも含めて可愛いと思うのだからいいではないか。

自分に、そんなことを言い聞かせながらまた健全な日常が始まったある日のこと。

裁判所周辺の初めて入るレストランで、弓瀬は夜のバータイムを楽しんでいた。

といっても、酒を楽しむためではなく、たとえば顧客と外で話しあいをするときや、人に紹介するために、常に職場や裁判所近隣の飲食店をチェックしているので、半ば仕事のつもりでもある。

夕食時も過ぎた店内は、しかし近隣の会社員などでそれなりに賑《にぎ》わっており、弓瀬の背後、ステンドグラスの仕切りの向こうにいるグループもずいぶん盛り上がっていた。

カトラリーの音がたびたび聞こえるところから見るに、まさに今夕食の真っただ中なのだろう。酒とチーズだけで過ごしていた弓瀬は、料理の評判でも聞けないかと悪気なく背後のグループに耳をそばだててみた。男同士の親しげなやりとりが耳に流れこんでくる。

「松原さん見てると、この店バイキングかと勘違いしそうになりますわ……どんだけ食べはりますのん」

「いいじゃねえか。家内は三食自分のものしか作りません主義の女なんだから、おかげで外で好きなもん食う自由が俺にはあるんだよ」

「いい加減、その自分への言い訳疲れませんかね。ほんま、松原さんの結婚生活でキラキラしてるもんて、その指輪だけやないですか」

「うるせえ。お前がキラキラしてるもんは、メガネくらいじゃねえかよ、この独りモンが」

辛い酒は苦手だが、ワインは好きだ。

幸い、手ごろな値段のワインが大変好みの味だったものだから、今夜はじっくりワインを楽しもうと思っていたのに、グラスを持つ弓瀬の手は長らく固まったままだ。

耳馴染《みみなじ》んだ関西弁と松原さんという名前。

聞こえてきた現実から目をそらすわけにはいかない。

席を立って挨拶の一つもしにいけばいいのだろうが、あまりの偶然に固まってしまった弓瀬の背後で、どんどん二人……いや、さらに三枝やほかにも連れがいるらしい、背後の「検察庁グループ」の話題は口を挟みにくい方向へと盛り上がっていく。

「松原さん、私も独り者なんですが、どこかキラキラしてますかね」

三枝の声が聞こえてきた。松原がとんでもない即答をする。

「ないな。むしろドロドロしてるよお前は」

「…………」

「そんな顔するなよ。っていうか、ガミガミの藤野辺とドロドロのお前とで、お見合いパーティーでも行けばいいいじゃねえか」

あっけらかんとした松原の提案は、聞き耳を立てている弓瀬にとっては苦いものだった。

断ってくれよ藤野辺。と思う反面、旧態依然とした検察庁では、未だに独身が出世に響くなんて話も聞く。

赤の他人の会話を少し耳にするくらいはかまわないだろうが、知りあいの話を盗み聞くのはいけない。とわかっているのに、話の中身につられて、弓瀬の意識はいっそう背後へと傾いていった。

「嫌ですよ。なんで金払うて、自己紹介カードなんてもんに、年収やの職業やの趣味やの書かされて、見知らぬ女と引きも切らずにしゃべらなあかんのですか」

「くわしいですね、藤野辺さん」

「前の職場でも先輩連中が誘ってくるから往生しましたわ」

藤野辺に、女と向きあって欲しいとは思わないが、彼がお見合いパーティーに参加している姿は少し見たい気がする。

そんな誘惑にかられる弓瀬の心に、松原が爆弾を投下した。

「じゃあ、例の弓瀬弁護士はどうだよ？」

「は⁉」

もう少しで弓瀬も声をあげるところだった。手にしたグラスの中でワインが波打つ。

「ほら、弓瀬さん、イケメンだろ？　相当モテてそうだし、あの弁護士先生に合コンのセッティングでもお願い申し上げればいいじゃねえか。なあ三枝」

「そうですねえ。でもそれ、最終的に全員弓瀬さんがお持ち帰りしそうですね」

会えばあんなに優しく微笑《ほほえ》みかけてくれるのに、三枝さんは俺が嫌いなんだろうかと弓瀬は青くなった。盗み聞きの罪悪感も相まって、心臓に悪い。

「二人ともあほとちゃいます？　あんだけモテる男が、合コンする必要なんかあるように見えますか？」

「それもそうですね……」

「だいたい弓瀬はね、モテそうなんてもんとちゃいます。小学校時代から女子生徒は全員、バレンタインは『弓瀬にチョコあげるためのイベント』で、その癖男友達も多かったんです。よりどりみどりやのに誰にでも優しいんですよ」

「三つ子の魂百までってやつだな。まあ、情熱家っぽいし、華やかで人の記憶にも残りやすいだろうしなあ」

「あかん、松原さんわかってはらへん。あいつ、容姿はあれですけど中身全然派手とか華やかとちゃいますねんで。細かい気遣いばっかりで、人がうなされてたら、いつまでも背中撫でたるくせに、朝起きてもそんな話露ほども出しませんしね」

「お前うなされてたの？」

「ちゃいます！　昔つきあってた奴と会ってるときでも、わざわざほかに恋人おるて、柔らかい言葉選びで牽制《けんせい》しよるしね」

「え？　お前らつきあってんの？」

「ちゃいます！　甘いもん控えろ、お前の脳みそはシロップ漬けかあほって怒鳴られても、心配してくれてありがとうとか言い出しよるしね」

「お前、その暴言は酷《ひど》いわ」

「せやから俺の話とちゃいます！」

藤野辺もうよせ。

そう言いたいのをこらえて、弓瀬は顔を覆った。

このままでは、せっかく下火になった二人のゲイ関係疑惑は、再燃どころか大爆発を起こしかねない。

そのことが恐ろしいのに、手で覆った弓瀬の頬は熱かった。

優しくしてやりたいばかりにしていた行動を、藤野辺はすべてお見通しだったのか。

幸い、藤野辺の「ちゃいます」という否定をそのまま受け入れるつもりらしい三枝の声が相槌《あいづち》を打つのが聞こえてくる。

「確かに細やかですね。でも、そうなると藤野辺さんの口の悪さに弓瀬さんが傷つかないかのほうが心配になってくるんですけれど」

「そうだぞ藤野辺。お前、そんな優しい人間だってわかってるならお前も優しくしろよ」

「あんな、三十年物の優しさを俺に真似しろ言われても困りますわ。あいつの気遣い精神、どんだけ熟成されてると思うてますのん」

「せめて、そのセリフを『あいつは俺では真似できないほど優しい。尊敬してる』くらいの言葉に変えられないのかねお前さんは」

「……あかん、俺が急にすなおになったら、弓瀬のことや、人間不信に陥るかもしれへん」

「二人で乗り越えればいいじゃねえか」

「な、何言うてはるんですか、二人で手に手をとりあってどんな困難も乗り越えろとか、あほとちゃいます松原さん？　嫌やわ男同士で不毛やわー」

「……そこまで言ってない。っていうか、あほとか言いながら、その肉俺にくれるのか」

「ちょっと肉が皿から跳ねて松原さんの皿に行っただけです！」

ああ、藤野辺を黙らせないと。

でないと、そのうちどんな嘘も通用しないほど決定的なことを言い出しそうだ。

やっぱりあの二人ゲイだったんだ。なんて思われたらどうするつもりなんだと不安に胸を竦《すく》ませながらも、弓瀬は幸せでたまらなかった。

はっきりと言葉で「好き」と聞けないからといって何を悶々としていたのだろうか。

好き、好き、大好き。そんな思いをこんなに爆発させている藤野辺を堪能《たんのう》せずして、言葉ばかり求めていたことがもったいなく思えてくる。

子供の頃から、本当に弓瀬を好きだと思い続けてくれていたあの男と、こうして両想いになれた運命の巡り合わせを前に、確たる言葉を聞けないことなど些細《ささい》なことだ。

目いっぱい藤野辺を大切にしよう。

藤野辺がすなおにストレートな言葉を言えない代わりに、自分が二倍、愛をささやき続けよう。

そんな誓いを胸のうちで立てると、弓瀬の中から煩悶が嘘のように消え去った。

きっと今夜は、アイスクリームがなくても眠れそうだ。

しかし、その前にとりあえず藤野辺の、まだまだ続く不器用な弓瀬へののろけを止めてやらねばならない。どういって挨拶がてら乱入しようか。まだ火照る頬を押さえながら新たに生まれた難題に悩む弓瀬の肩を、ふいに誰かがぽんと叩いた。

ラストオーダーのお知らせだろうか、と弓瀬は手を下ろして顔をあげた。

盛り上がる背後のテーブルと、旨《うま》いワイン。恋人への愛《いと》しさを膨らませる和やかな時間を、テーブルで揺れる小さなろうそくが優しく照らしてくれている。

そんな、甘酸っぱくもロマンチックな心地を吹き飛ばす笑顔が、すぐ傍らにあった。

「こんばんは、弓瀬さん」

肩を叩いた手の主は、いつのまにか話の輪を抜けトイレに行っていたらしい三枝だった。

柔らかな声音の挨拶は、しかし後ろのテーブル席にもはっきりと届いたらしく、突如として弓瀬の周辺を静けさが包みこむ。

弓瀬の挨拶を待つように、三枝はまだ微笑んでいる。

笑顔が眩《まぶ》しい。さしものひまわり男も、まっすぐ顔を向けられないほどに……。

後日、誰からともなく「聞き耳弁護士」と呼ばれるようになった弓瀬を、藤野辺は二週間ほど庇《かば》ってくれなかった。

三悪検事よりも酷いあだ名が世の中にはあるもんやな。

そう言い放った藤野辺の視線は、照れ隠しというには少々冷たすぎて、弓瀬の甘い物節制計画は始まる前から頓挫《とんざ》したのであった。

あとがき

はじめまして、こんにちは、みとう鈴梨です。あまり間をあけずに、こうして作品を読んでいただく機会に恵まれ、嬉しさと緊張で、つい、大好きな法廷（がちょっとだけ話に出てくる）ラブコメに走ってしまいました。

今回はなんと、苦手なタイトルをちゃんと自力で決めることができました！「検事はひまわりに嘘をつく」なんて、検事が嘘ついてる時点で世も末なタイトルですが、実際主人公の藤野辺検事の下手な嘘を考えるのは楽しかったです。

その藤野辺の方言ですが、いわゆる「こてこて」にしてみました。

私は方言萌えの傾向があるのですが、実際どこの方言も、仕事中や目上の方への言葉遣いは、文字に起こすと標準語とかわらず、イントネーションの違いに魅力があることが多いな。と思うと、中途半端に、標準語か方言かわからない表記するくらいなら、こてこての大阪弁にしてみようかなと思ったのです。

方言といえば日本国中どこの方言も好きですし、英語でフランス語なまりとかドイツ語なまりなんかも可愛いですよね。

ハローとサンキューくらいしか理解できないほど外国語能力がないにもかかわらず、なまりだけはちょっとだけわかるのですから、萌えは偉大です。

日本語アクセントの英語も、気にせずみんな日本語なまりだよって開き直ればいいんじゃないかと思います。みんな私のまわりで英会話しまくってくれれば、私は日本語なまり英語を聞き放題になるわけです。私の悪口言われてても気づけませんが。


と、そんなこんなで好き放題こてこてに書いてしまった受けの方言ですが、それを含め、細かなところまでご指摘いただいて、担当さまには今回もたくさんお世話になりました。攻め視点プロットを、急に受け視点に変えてはらはらさせてしまいましたが、ゴーサイン、ありがとうございました。

また、陵クミコ先生には、びっくりするくらいイメージ通りの二人を描いていただけました。ありがとうございます。それぞれのバッジがよく似合う二人の姿は、いつ見てもうっとりしてしまいます。

最後になりましたが、この本をお手にとってくださった方にも心からの感謝を。

まだまだ未熟者で、いろんな萌えと向きあう日々ですが、またお会いできることを願っています。

二〇一三年十月　弓瀬、小学校の卒業アルバム閲覧禁止令を出される。　みとう　鈴梨

✦初出　検事はひまわりに嘘をつく……………書き下ろし
検事はひまわりの知らないところでのろけてる……………書き下ろし

みとう鈴梨先生、陵クミコ先生へのお便り、本作品に関するご意見、ご感想などは
〒151-0051 東京都渋谷区千駄ヶ谷 4-9-7
幻冬舎コミックス　ルチル文庫「検事はひまわりに嘘をつく」係まで。

幻冬舎ルチル文庫

検事はひまわりに嘘をつく

2013年10月20日　第1刷発行

✦著者　みとう鈴梨　みとう れいり

✦発行人　伊藤嘉彦

✦発行元　株式会社 幻冬舎コミックス
〒151-0051 東京都渋谷区千駄ヶ谷 4-9-7
電話 03(5411)6431[編集]

✦発売元　株式会社 幻冬舎
〒151-0051 東京都渋谷区千駄ヶ谷 4-9-7
電話 03(5411)6222[営業]
振替 00120-8-767643

✦印刷・製本所　中央精版印刷株式会社

✦検印廃止

ISBN978-4-344-82955-8　C0193　Printed in Japan

「幻冬舎ルチル文庫」
大好評発売中

発行●幻冬舎コミックス　発売●幻冬舎